CB045212

mc *Melhores Contos*

Osman Lins

Direção de Edla van Steen

mc Melhores Contos

Osman Lins

Seleção e Prefácio de
Sandra Nitrini

global
EDITORA

© Espólio de Osman Lins, 2002

1ª Edição, Global Editora, São Paulo 2003
2ª Reimpressão, 2009

Diretor Editorial
Jefferson L. Alves

Gerente de Produção
Flávio Samuel

Coordenação de Revisão
Ana Cristina Teixeira

Revisão
Luiz Guasco
Edna Luna

Capa
Eduardo Okuno

Editoração Eletrônica
Antonio Silvio Lopes

Dados Internacionais de Catalogação na Publicação (CIP)
(Câmara Brasileira do Livro, SP, Brasil)

Lins, Osman, 1924-1978.
  Melhores contos de Osman Lins / seleção e prefácio de Sandra Nitrini. – São Paulo : Global, 2003. – (Coleção melhores contos / direção de Edla Van Steen)

  ISBN 85-260-0814-5

  1. Contos brasileiros I. Nitrini, Sandra. II. Steen, Edla Van. III. Título.

03-2027   CDD–869.93

Índices para catálogo sistemático:
1. Contos : Literatura brasileira 869.93

Direitos Reservados
Global Editora e Distribuidora Ltda.

Rua Pirapitingüi, 111 – Liberdade
CEP 01508-020 – São Paulo – SP
Tel.: (11) 3277-7999 – Fax: (11) 3277-8141
E.mail: global@globaleditora.com.br

Colabore com a produção científica e cultural.
Proibida a reprodução total ou parcial desta obra
sem a autorização do editor.

Nº de catálogo: **2347**

Sandra Nitrini, nasceu em São Paulo. É professora titular de Literatura Comparada do Departamento de Teoria Literária e Literatura Comparada da Universidade de São Paulo. Foi professora da Área de Língua e Literatura Francesas dos Departamentos de Letras Modernas da Unesp (Assis) e da USP. Foi coordenadora do Núcleo de Pesquisa Brasil-França (Nupebraf) do Instituto de Estudos Avançados da USP, do qual continua participando como pesquisadora. Atualmente é responsável pela organização do arquivo de Osman Lins no Instituto de Estudos Brasileiros da USP e coordena a Comissão Editorial da Revista Literatura e Sociedade, do Departamento de Teoria Literária e Literatura Comparada. É pesquisadora do CNPq.

Além de artigos e ensaios publicados em jornais, revistas especializadas e obras coletivas, são de sua autoria: *Poéticas em confronto: nove, novena e o novo romance* (São Paulo, Hucitec/Instituto Nacional do Livro, 1987), *Literatura comparada* (São Paulo, Edusp, 1997), *Aquém e além mar — relações culturais: Brasil e França* (São Paulo, Hucitec, 2000); organização, apresentação e colaboração com o ensaio: "Viagem e Projeto Literário (Osman Lins na França)".

UM SINGULAR CONTADOR DE ESTÓRIAS

É um desafio selecionar os melhores contos de Osman Lins, escritor talentoso e obstinado, alinhado na tradição flaubertiana, segundo a qual o ato de escrever é fruto de um trabalho insistente com a palavra para atingir a perfeição. Demorou mais de dez anos de exercício constante até chegar à configuração harmoniosa dos treze contos de *Os gestos*, lançado em 1957. Quase outros tantos anos se passaram, para que o escritor maduro e seguro, mas não menos obstinado — então, na busca de uma forma narrativa peculiar —, oferecesse a seu leitor o livro *Nove, novena*, um marco na transformação de seu modo de narrar.

Os gestos recebeu três prêmios: Monteiro Lobato, o Prêmio da Prefeitura de São Paulo e o Prêmio Vânia Souto de Carvalho, de Recife. *Nove, novena*, publicado em 1966, foi considerado por Anatol Rosenfeld como uma das mais importantes obras de ficção que apareceram na década de 1960. Colocado à disposição do público francês, foi indicado pelo crítico Maurice Nadeau como um dos sete melhores lançamentos de ficção estrangeira de 1971. Em suma, os melhores contos apresentados nesta coletânea são tão bons quanto os outros de *Os gestos* e de *Nove, novena*, ausentes deste volume.

Osman Lins passou por uma solitária formação, lendo os grandes clássicos. Natural, pois, que seus primeiros livros[1] seguissem o figurino da narrativa tradicional e se embrenhassem na atmosfera soturna, triste e melancólica, reinante no mundo pós-Segunda Guerra. Original do Nordeste, não incorpora, no entanto, a tradição da narrativa regionalista dos anos 30, situando-se na linhagem machadiana. Escreve contos de sondagem interior, num mundo de fronteiras elásticas, colocando em cena velhos, doentes, crianças, adolescentes, mulheres em situações prosaicas da vida, oferecendo-nos uma galeria de personagens, as quais em sua maior parte se incluem na categoria do que hoje entendemos por excluídos.

Confinadas no espaço doméstico, vivenciando relacionamentos familiares e afetivos, tensos e opressores, as personagens, flagradas em instantâneos do cotidiano, em alguns casos, com maior, em outros, com menor densidade dramática, impõem-se pela consistência e complexidade de sua fisionomia interna, sempre traçada com firmeza a partir de sua confrontação com o outro e da decorrente constatação da incomunicabilidade entre os homens.

O velho André, de "Os gestos", fisicamente amordaçado por seu estado de mudez, enclausurado em seu quarto, experimenta desespero, irritação, frustração e solidão diante da impossibilidade de se comunicar verbalmente com a mulher, as filhas Lise e Mariana e o visitante, Rodolfo. Nem sempre seus gestos são compreendidos, o que o confina ainda mais na situação incômoda de solidão. O leitor não só penetra no mundo interior de

---

[1] *O visitante* (romance, 1955); *Os gestos* (contos, 1957); *O fiel e a pedra* (romance, 1961).

André mas também é por ele conduzido na apreensão das outras personagens, vistas em pares contrastivos. A mulher "vestida de escuro", sempre com ar de enfado, é "fria e vigilante", enquanto Rodolfo, "com roupa branca", lembra "um marinheiro", tendo a sua presença a amplitude de "viagens". À filha Lise, dedicada a André, contrapõe-se Mariana, adolescente autocentrada. Essa oposição marcada entre as personagens rege todos os contos de *Os gestos*. Zilda revela uma visão serena e distanciada do passado, contrapondo-se à de seu interlocutor, carregada de emoção. Não se lembra de cenas e detalhes rememorados por seu ex-vizinho e amigo de infância, o que significa a impossibilidade de se guardar um "tesouro comum". O reencontro casual entre o narrador e Zilda, num vagão de trem, confunde-se com o desencontro afetivo, variante do tema da incomunicabilidade, em "Reencontro". Em "A partida", o neto, em busca de um ambiente libertário, opõe-se à avó, que a ele se dedica com afetividade exagerada e opressora. Júlia Mariana, a personagem grávida, de "Cadeira de balanço", sensível, medrosa e oprimida submete-se ao marido, metódico, indiferente e autoritário. "O vitral" apresenta Matilde, de meia idade, mulher sonhadora, ingênua e infantilizada que convive com Antônio, o marido, seguro e realista.

Nesses contos, a solidão, tema aglutinador de outros advindos dos relacionamentos humanos, é experimentada no convívio direto com os parceiros. Diferencia-se nesse sentido "Elegíada": o leitor se defrontará com a situação máxima da solidão, por meio do pungente e lírico "diálogo-monológico" da personagem que assume a voz narrativa. "Diálogo-monológico", assim denominado, porque o velho conversa mentalmente com sua mulher morta, durante o velório, confinado na mais pura expressão do discurso interiorizado, no qual se entrelaçam rememorações valorizadoras das miudezas do cotidiano vivido com sua parceira e queixas e constatações do descaso com que é e será tratado pelos filhos e netos: não como um ser digno de consideração e afeto, mas infantilizado, incapaz e sujeito a monitoramentos e ordens. Nesse caso, o contraste se estabelece entre a experiência do convívio (talvez idealizado pelo momento doloroso) com a mulher que acaba de perder e com quem construiu uma vida e uma família e a que se anuncia a partir de então. Não terá mais com quem repartir as memórias e falar das coisas triviais e amadas. André vivencia o problema da solidão do idoso na moderna sociedade industrializada.

Embora privilegie as tensões internas da personagem, Osman Lins não descura de sua inserção no espaço externo, com a peculiaridade de que este nunca é descrito anteriormente como um cenário, mas sempre a partir da situação concreta em que se encontra. Para ele, mais do que organizar enredos, retratar personagens, conceber estruturas, o traço específico do ficcionista é a "capacidade de introduzir em sua obra o mundo sensível, a realidade concreta, o osso do universo, de tal modo que as coisas incorporadas à obra sustenham-na sem estorvarem, sem que nos apercebamos de sua presença voraz e dominadora"[2].

Essa concepção formulada teoricamente já se anunciara anos antes na prática. Nos contos de Osman Lins, os objetos, presentes discretamente, cumprem sempre uma função: salientam o contraste entre a interioridade da personagem e o ambiente externo; servem para reve-

---

[2] "O escritor e a obra". *Guerra sem testemunhas*. São Paulo: Ática, p. 57.

lar seu estado emocional e afetivo, para enfatizar sua tensão, para despertar sua consciência e trazê-la à realidade. Em "A partida", uns poucos ruídos provocados pelo "arrastar de chinelos", pelo "cuidadoso abrir e lento fechar de janelas", pelo "tique-taque do relógio", pelo "tilintar de talheres e xícaras" tornam para o menino, que está deitado e vai deixar no dia seguinte a casa da avó, mais nítida a "quietude da casa" (imbuída de tristeza). O conto termina numa atmosfera emocionante, focalizando objetos carregados de história afetiva.

Em "Vitral", Matilde, na sua alegria infantil e solitária na manhã do aniversário dos vinte anos de casamento, toma consciência do fluir do tempo, diante da visão das cinco meninas vestidas de cambraia: "tudo aquilo era inapreensível: enganara-se ou subestimara o instante que poderia guardá-lo."

A cadeira de balanço, ligada ao acalanto, ao afeto, ao repouso, torna-se o símbolo do autoritarismo de Augusto, exprimindo com densidade poética a situação da mulher, destinada a tarefas domésticas e à submissão ao marido, de acordo com a mentalidade ainda reinante na década de 1950, no conto cujo título confunde-se com este objeto. Sem o mínimo movimento interno de revolta, acata a imagem da função social do marido. Grávida, cansada, pés inchados, quando começa a usufruir do silêncio e sossego da tarde, sentada na cadeira de balanço, faz uma espécie de exame de consciência, repassa os afazeres não cumpridos e prevê a reclamação do marido, que não se concretiza. Mas ocorre o pior: Júlia Mariana é alvo de desprezo, indiciado pelos gestos rotineiros do majestoso Augusto que nem sequer a olha.

Para o enclausurado André, de "Os gestos", a janela de seu quarto lhe dá acesso a uma paisagem que lhe traz "um bem-estar como não sentia há muito" e outros momentos de desafogo, num dia chuvoso, propiciando-lhe motivações para evasão por meio da viagem imaginária ao passado, achando-se "debruçado ante uma paisagem lacustre, vinculada à sua juventude". O ritmo da chuva, por sua vez, além de marcar o fluir do tempo objetivo do conto, determina, também, o movimento de fechamento e abertura da janela, em perfeito compasso com a intensificação e distensão da angústia de André, com a exteriorização de seus gestos ásperos, raivosos e calmos, no seu relacionamento com a mulher e as filhas e com o teor de seu discurso interiorizado: ora reflexivo, ora evasivo, ora lúcido, ora sonhador.

Nenhum fio se desata na laboriosa urdidura do tecido de cada um dos contos de *Os gestos*, quer no plano dos elementos da narrativa (relação entre personagem, espaço, tempo e ponto de vista) quer no plano do discurso, caracterizado por frases curtas, por palavras exatas, por acertadas e belas imagens, num seguro e feliz domínio da fusão de técnica e estilo, o que lhe permite, como foi reiteradamente apontado pela crítica, a captação profunda da condição humana.

O rigor da composição dessas ficções curtas, alinhadas na tradição "do conto neomodernista em sua filiação poemática"[3], como bem notou o crítico Hélio Pólvora, não obscurece as realidades próximas, embora não haja uma contextualização explícita de época.

Perito na arte de escrever primorosos contos no registro da ilusão da realidade, Osman Lins confirma seu talento literário, aliado à concepção do trabalho artesanal com a palavra, nas narrativas de *Nove, novena*, sob o signo da arte antimimética. Narrativas porque não pre-

---

3 "*Os gestos:* composição e arte dramática". *Jornal do Brasil*, Rio de Janeiro, 21/02/1976.

dominam, neste livro, núcleos de ação condensada. Narrativas com número reduzido de páginas, mas em sua maioria com duração mais extensa da estória, como ocorre em geral com o romance, embora seja problemático o estabelecimento de fronteiras entre conto, novela e romance. Apesar deste tratamento particular dispensado por Osman Lins às suas narrativas curtas de *Nove, novena*, a crítica a elas se refere de modo geral como contos. Por isso, algumas delas compõem esta coletânea: "Os confundidos", "Conto barroco ou unidade tripartita", "Pentágono de Hahn", "O pássaro transparente", "Pastoral" e "Retábulo de Santa Joana Carolina".

Amalgamam-se, em *Nove, novena*, a construção rigorosa das estruturas narrativas, em blocos fragmentados, como se fossem módulos; novos processos de composição da personagem; inusitadas modalidades de foco narrativo; presença constante de metalinguagem e os ornamentos em registro literário impregnado de ressonâncias das linguagens de outras artes, como teatro, pintura e cinema. A esses recursos funde-se o estilo preciso, belo, adequado para cada caso, numa tessitura própria de poesia. Enfim, as narrativas de *Nove, novena* oferecem ao leitor um texto instigante, distanciado do fácil consumo, dele exigindo uma leitura empenhada, que se presta constantemente a interpretações, sem deixar de ser prazerosa.

"Os confundidos" assume a forma do diálogo conflituoso de um casal, em curto espaço de tempo, como indicam a manifestação da mulher, que dá início à interlocução e ao conto — "Estou cansada. Quase meia-noite", e a do marido, no final: — "É mais de meia-noite". O homem relata o percurso do ataque de ciúme doentio que lhe acometeu, ao encontrar-se só em casa, enquanto a mulher trabalhava. Oscilando entre revolta, cólera, loucura e lucidez, esta reage aos sentimentos de ciúme,

15

dúvida e desconfiança do marido. O desenrolar do antagonismo verbal abriga, também, reflexões sobre o amor, a perda da identidade, a impossibilidade de se conhecer o outro e a monotonia da vida.

O diálogo é entrecortado por trechos narrativos, que funcionam como marcações teatrais: situam as personagens e descrevem suas movimentações no espaço. De modo que "Os confundidos" se configura como alternância entre oito segmentos de diálogos e sete trechos descritivo-narrativos, expondo a organização geométrica e equilibrada do texto. Esse aspecto fica mais evidente, quando se percebe o jogo entre a transparência do discurso do diálogo e o registro inusitado das marcações teatrais, que oscila entre os pólos da definição e da indefinição, criando um clima propício para o tema de "Os confundidos", como se verificará a seguir:

> Um de nós levantou-se, ou irá ainda levantar-se, entreabrir a cortina, olhar a noite. O rumor dos veículos, continuado, ascenderá — ascendeu? — das avenidas, regirando na sala, sobre as aquarelas em seus finos caixilhos, sobre as poltronas de couro com almofadas vermelhas, em torno do abajur aceso. As estrelas vibrando, parecendo abaladas pelo rumor da cidade que não dorme. Estamos de mãos dadas, qual destas mãos arde? Olhamos a parede vazia.

A seqüência de ações em temporalidades excludentes para se colocarem lado a lado subverte as leis da cronologia, instaurando a indefinição na esfera temporal. O próprio sujeito da ação de "levantou-se" é indefinido, não se sabe se é o homem ou a mulher. Contrapõe-se a esta indefinição o inventário dos objetos ornamentais da sala, sempre se ressaltando algum detalhe. O tema da confusão se materializa, também, nas sensações das personagens de mãos dadas e na subversão do uso dos pronomes, com a ausência da segunda pessoa no diálogo.

Essa urdidura de todos os níveis narrativos perpassa os nove textos de *Nove, novena*. A busca do equilíbrio da forma, num movimento de convergência para a unificação dos vários elementos que compõem o universo ficcional, materializa uma visão que aposta numa literatura instigadora do desejo de recuperar a harmonia do homem com o mundo e com o cosmos, apesar das fragilidades da condição humana. Fragilidades e dissonâncias entrevistas nos relacionamentos pessoais, no espaço doméstico e na estrutura social.

O núcleo central de "Conto barroco ou unidade tripartita" consiste na missão de um homem, encarregado de matar um certo José Gervásio, sem saber o motivo. Entra em contato com uma negra, que mantivera um relacionamento com José Gervásio, pai de seu filho, e pede-lhe que lhe mostre a vítima. Depois de a negra apontar-lhe seu ex-amante em três situações e cidades diferentes (Congonhas, Ouro Preto e Tiradentes); de o criminoso manter relacionamento afetivo-sexual com a delatora e dela despedir-se em três versões; de ser procurado pelo pai da vítima, pelo próprio José Gervásio e pela negra, em três módulos diferentes, com o objetivo de demovê-lo de sua intenção criminosa, consuma-se o assassinato em três versões: na primeira, morre a negra; na segunda, um homem (designado genericamente) e na terceira, o pai.

Esse núcleo da estória espalha-se por sete segmentos, cada qual focalizando um momento preciso, como se fosse um módulo, com a particularidade de que o segundo, o terceiro, o quinto e o sétimo apresentam três variantes à maneira de estudos superpostos. Exibindo as várias escolhas do narrador e propondo uma múltipla combinação de variantes ao leitor, o recurso da tripartição, principal inovação dessa narrativa, acentua o caráter antiilusionista e, de certo modo lúdico, da poética de *Nove, novena*, além de convocar explicitamente o leitor para uma leitura criativa[4].

A oferta da possibilidade de uma multiplicação de estórias a partir do núcleo central da ação do assassino, que está cumprindo a ordem do patrão sem saber o porquê, coloca em cena o tema do absurdo da condição humana, ancorado numa ordem de estratificação, generalizada na sociedade moderna. Valendo-se deste procedimento, Osman Lins focaliza essa problemática humana em escala coletiva. Afasta-se do individualismo, próprio da tradição narrativa burguesa, o que explica, também, e em parte, o fato de suas personagens serem indicadas por substantivos, sem identidade civil: o assassino, a negra, o pai. Apenas a vítima é designada pelo prenome José Gervásio, além de ter um outro, não mencionado.

Em movimento inverso ao de "Conto barroco ou unidade tripartita", mas com o mesmo propósito de dar uma dimensão coletiva a problemáticas existenciais e sociais, mesclam-se, em "Pentágono de Hahn", cinco estórias independentes, narradas por personagens que abrangem as várias fases da vida: uma criança, uma jovem, um solteirão, um homem casado e uma anciã.

A descrição do espetáculo de Hahn abre a narrativa. Centro apenas do primeiro parágrafo, a presença da elefanta percorre o texto, correspondendo à força centrípeta, unificadora das cinco narrativas, como bem aponta Benedito Nunes[5].

Símbolo epifânico, Hahn revela às cinco personagens, identificadas por sinais diferentes, a mediocridade

---

[4] Osman Lins nos informa, em entrevistas, que, segundo os cálculos de um professor de matemática, "Conto barroco ou unidade tripartita" se presta a quatro mil e novecentas e noventa e cinco recriações possíveis.

[5] "Narração a muitas vozes". *O Estado de S. Paulo*. São Paulo, 04/07/1967. Suplemento Literário.

da própria existência, instaurando-lhes o desejo de superar as limitações, preencher as carências e atingir um ideal de vida. Mas o final das estórias não traz uma solução. Permanecem os conflitos e insatisfações interiores das personagens. Com a morte dos irmãos, só resta à anciã a perspectiva de uma solidão acentuada; a moça incorpora o preconceito da sociedade, que não aceita o amor entre uma mulher mais velha e um adolescente, passa a conceber como impossível sua relação com Bartolomeu e envia-lhe uma carta de despedida; apesar do desejo de romper sua solidão, o celibatário continua sozinho; depois de vislumbrar o ato de escrever como uma saída para sua vida, o homem casado retorna a Recife, ciente de que "é como alguém que, mentalmente assume empreender uma viagem", sem saber que precisa criar, em sua alma, condições para vencer seus hábitos, seus medos e partir".

Fica em aberto, apenas, o destino da relação entre o menino e Adélia, na cena final em que ele se declara e se revela como um homem temporão, num registro poético. O encontro afetivo-sexual entre essas personagens numa "feira", metáfora de um microcosmo onde objetos, animais, pessoas e elementos da natureza em geral partilham o mesmo espaço, transforma-se no símbolo da realização amorosa e adquire um significado que transcende a esfera particular dessa estória, ao acenar para a possibilidade de união entre seres que se amam e de integração harmônica do homem no mundo, numa linguagem poética, com laivos insólitos.

Composto por nove segmentos, correspondentes a nove fases da vida da personagem, da infância à idade adulta, dispostos sem obedecer à ordem cronológica, "O pássaro transparente" é a estória do fracasso de um homem que sucumbe às pressões da família e absorve seus valores. Casa-se com Eudóxia, imposta pelo pai, em função do acúmulo de bens materiais. Na adolescência tentara fugir de suas amarras e de tudo o que a família significava. Duplo do pai, o adulto representa a negação do adolescente que fazia poesias, namorava uma artista, sonhava com viagens e renegava os valores tacanhos da família.

Cada módulo focaliza um espaço diferente, ligado à caracterização ou à descrição da personagem e se articula, num movimento repetitivo, em duas partes: a primeira, assumida por um narrador em terceira pessoa, que narra uma fatia da vida da personagem e a segunda, por ela emitida, em discurso direto interior, durante o evento focalizado. Essa estrutura repetitiva e monótona materializa na composição da narrativa a atmosfera da vida de um homem metódico, preso a negócios, infeliz no casamento realizado por interesse, voltado apenas para bens materiais, morando na limitadíssima cidade natal. Uma reviravolta deste esquema ocorre no sexto e sétimo segmentos, quando contracenam o homem e a artista, sua namorada, na adolescência. A significativa explosão da estrutura monótona, abrindo espaço para o diálogo, está vinculada à presença da mulher "fonte de sonhos", artista famosa.

Entre seus quadros, há uns que reproduzem frutas, pássaros voando. Um pássaro é transparente, vê-se o pássaro e o coração do pássaro. Clara referência ao título da narrativa, podendo ser interpretado como uma espécie de metalinguagem do processo criador de Osman Lins, porque o pássaro tem jeito de ave de rapina e olhar de gente. É um pássaro assustador, que não existe. O desenho da artista é antiilusionista, resultado de um processo que amalgama traços humanos e animais, semelhante àquele de que se vale Osman Lins para compor suas personagens, "carne transmutada em verbo". O paralelismo se amplia e se estende ao conjunto das narrativas de *Nove, novena*, na sua integridade, porque o antiilusionismo já começa a se expor na própria composição estrutural de cada uma delas.

Embora nem sempre se deva considerar o que o autor diz a respeito de sua obra, é pertinente a explicação que Osman Lins dá, em carta datada de 2/3/1976, a Gilberto Mendonça Teles: "O título 'pássaro transparente' remete a um problema do foco narrativo. Vê-se o pássaro e o esqueleto do pássaro. O externo e o interno do protagonista, mediante as alternâncias do ele e do eu."

Significativo o conteúdo de metalinguagem atribuído pelo autor ao título da primeira narrativa que abre seu livro inovador. De um lado o pássaro traz a idéia da amplidão, liberdade, vôo; de outro, tem, como nos diz o próprio Osman Lins numa das poucas poesias que criou: "o peso necessário/ ao rigoroso vôo, e fácil,/peso que conhece/ os mistérios dos números: ponto de intersecção/ de tensa e invisível teia..."[6]. O pássaro transparente é a imagem da nova poética inaugurada em *Nove, novena*[7], o que não exclui outros significados a lhe serem atribuídos, dependendo da perspectiva de leitura adotada.

Em "Pastoral", o leitor vai encontrar outro adolescente em situação de conflito com a família, num ambiente rural, como bem anuncia o título, que remete à poesia pastoril, em geral dialogada. Ironicamente, nesse

---

6 "Ode". *O Estado de S. Paulo*. São Paulo, 12/11/1959. Agradeço a Hugo Almeida por ter me apresentado este poema de Osman Lins.

7 Com desdobramentos em *Avalovara* (1973), termo adaptado do nome de uma divindade oriental para designar um pássaro fictício "um ser composto, feito de pássaros miúdos como abelhas. Pássaro e nuvem de pássaros", assim o descreve Abel, personagem escritor do romance. As oito linhas temáticas, componentes de *Avalovara*, são pássaros miúdos, isto é, as narrativas englobadas pelo pássaro fictício, o romance *Avalovara*.

ambiente, dominado pela estrutura patriarcal, inexiste o diálogo. Baltasar, o adolescente, carrega o peso de ser filho de uma mulher que abandonou o marido por outro homem. Hostilizado pelo pai, pelos irmãos (exceto um) e por Joaquim, o parente afastado, por ser parecido com a mãe, vive sufocado no ambiente familiar, exclusivamente masculino. Apenas o padrinho, que fora apaixonado por sua mãe, lhe dá atenção. Um dia, leva-lhe de presente uma égua e lhe conta a estória da mãe fugitiva. A égua torna-se o objeto de afeto do adolescente e a causa indireta de sua morte, ao tentar matar o segundo cavalo, providenciado pela família, para desvirginá-la.

O ambiente opressor se projeta na estrutura repetitiva dos vinte parágrafos, correspondentes a cenas da vida de Baltasar, expostas quase integralmente em ordem cronológica, mas sempre com interrupções, como se fossem cortes cinematográficos. As duas cenas deslocadas, as do sétimo e oitavo parágrafos, os únicos a se encadearem sem ruptura, e que a rigor antecedem todas as outras, remetem ao espaço do afeto e da liberdade. A quebra de expectativa da rigidez estrutural da narrativa coincide com a brecha aberta pelo padrinho a Baltasar: ao dar-lhe de presente uma égua (batizada como Canária) e ao revelar-lhe a estória da mãe, lembrança interdita naquele espaço patriarcal e misógino, o padrinho funciona como um destinador que o envia em busca da liberdade.

Ao contrário da personagem de "O pássaro transparente", Baltasar nega-se a ser o duplo do pai. Semelhante à mãe na aparência física e na sua interioridade psicológica, enfrenta a família até à morte, mas não sucumbe moralmente.

"Pastoral" foi a primeira narrativa a ser concebida e escrita por Osman Lins, na fase da procura por novos caminhos para sua ficção, quando se encontrava ainda na França, no início da década de 1960. Esse feito nos diz muito sobre o autor, quando nos damos conta de que, estando em Paris, pela primeira vez, seguindo um rígido plano cultural em função de seu projeto literário, produz uma narrativa, cuja matéria vincula-se solidamente ao ambiente rural nordestino, de onde é originário. Denuncia a violência da estrutura patriarcal, numa forma narrativa inusitada, inaugurando um recurso peculiar para dar corpo à sua literatura antiilusionista: o uso do eu numa perspectiva não naturalista.

Baltasar é o narrador em primeira pessoa dos vinte fragmentos, narrando, portanto, a própria morte e descrevendo o próprio velório. Diferentemente da personagem machadiana, Brás Cubas, o adolescente não é um "defunto autor", porque o "eu" osmaniano corresponde a um falso pronome. Utilizado como puro instrumento para movimentar a frase, o pronome "eu" acha-se tão distanciado da personagem quanto um "ele". O adolescente em seu quarto descreve tudo o que se passa na sala. Morto, é o narrador em primeira pessoa do primeiro ao vigésimo fragmento de "Pastoral". Parece ser o narrador, mas não o é. Por trás desse falso "eu", existe uma instância narrativa com visão total do tempo e do espaço do mundo ficcional, instaurando o aperspectivismo, traço que o próprio Osman Lins reconhece não ser exclusivamente seu, mas "dominante da arte contemporânea", fato curioso num mundo marcado pela fragmentação e pela violência[8].

A belíssima narrativa "Retábulo de Santa Joana Carolina", por muitos considerada a obra-prima do autor,

---

8 Ver entrevista. Revista *Escrita*, ano II, n. 13, 1976, São Paulo. O que mais o marcou em sua primeira viagem à França foi o contato com os vitrais, com a arte românica e a arte medieval em geral. Percebeu que

é uma perfeita transposição literária do retábulo plástico. Composta por doze módulos, chamados de mistérios, numa referência clara ao gênero teatral religioso da Idade Média, "Retábulo de Santa Joana Carolina" é assumida por vários narradores, em primeira pessoa, que realçam o perfil exemplar dessa mulher nordestina (personagem inspirada na avó paterna do autor), concretizada no amor, na fidelidade, na lealdade, na solidariedade, na firmeza de caráter, na obstinação, na coragem, na resistência e enfrentamento aos poderes locais e na convivência com a natureza, a partir de acontecimentos específicos de sua vida.

O leitor terá a oportunidade de verificar que tais acontecimentos são descritos como se fossem quadros que estivessem sendo contemplados de fora pelo narrador de cada mistério. No entanto, esse narrador também participa da composição interna e narra os eventos a partir desta localização, com o domínio global do tempo e do espaço, só explicável pelo uso do "eu" como falso pronome. Além disso, o aperspectivismo viabiliza a instauração da voz coletiva, contribuição original de Osman Lins para a literatura, por meio do rodízio de focos narrativos, centrados em personagens, em geral, anônimas e identificadas por sinais gráficos, e por meio de trechos córicos, emitidos pelo povo, como ocorre no último mistério de "Retábulo de Santa Joana Carolina".

---

o aperspectivismo medieval "levava a uma visão muito mais rica, não limitava a visão das coisas ao olho carnal", como ocorria na arte renascentista. Essa percepção lhe foi importante porque o ajudou a definir "certas coisas que já se esboçavam" em seu espírito antes de partir. Osman Lins assinala que o aperspectivismo não é uma preocupação exclusivamente sua. Localiza o início dessa visão nos tempos modernos, nos poetas Apollinaire e Mallarmé e no romance de Faulkner e em algumas narrativas de Virginia Woolf. Nesse sentido ele se insere nessa tradição moderna, a partir de *Nove, novena*, e contradiz parte da crítica que insistiu em lê-lo com as chaves do Novo Romance.

Outro recurso utilizado por Osman Lins para transmitir na própria linguagem literária essa visão é o do ornamento, que viabiliza a concretização de uma ligação mais íntima do homem com a totalidade das coisas e com o cosmos. "Retábulo de Santa Joana Carolina" realiza de modo lapidar esse propósito. Seu entrelaçamento com o cosmos começa no arcabouço do retábulo: os doze mistérios correspondem aos signos do Zodíaco, iniciando-se em Balança e concluindo-se com Virgem. Este princípio de organização do retábulo, através do qual se amplia a estória de uma mulher que vive em Pernambuco, insere a narrativa, como bem formulou Anatol Rosenfeld, "no tempo mítico-circular das constelações celestes, religando-a a dimensões cósmicas"[9].

Engastados no início de cada mistério de "Retábulo de Santa Joana Carolina", os ornatos criam poeticamente vínculos entre o homem e o mundo ao entrançarem a vida de Joana Carolina com a evocação do cosmos e os grandes ciclos da civilização humana. No décimo segundo mistério, o ornamento se dissolve no corpo da descrição do enterro de Joana Carolina, assumida pelo coro, voz coletiva no sentido pleno. A radicalização da voz coletiva entrelaçada com a dissolução do ornamento na tessitura do último mistério realiza na linguagem poética a integração de Joana Carolina com o cosmos por meio da morte.

Atente-se, porém, para o fato de que Osman Lins não reproduz ingenuamente a idéia antiga de uma harmonia natural, marcada pelo equilíbrio e concórdia de todas as coisas. Sem deixar de denunciar a fragmentação do homem moderno e sem desconsiderar as dissonâncias da estrutura da sociedade, este "praticante de um

---

[9] Anatol Rosenfeld. "O Olho de Vidro em *Nove, novena*" (I e II). *O Estado de S. Paulo*, 12/11/1970. Suplemento Literário.

ofício unificador" propõe-se a despertar, por meio de sua literatura, o desejo de reconciliação com o mundo. O olhar lúcido ao seu redor aponta-lhe as injustiças, as dissonâncias, as violências, as incompreensões, a angústia de que o homem contemporâneo é vítima, mas seu propósito é o de despertar o desejo de recuperar a unidade perdida, daí a sua poética de tensões, tão bem exposta no mistério final de "Retábulo de Santa Joana Carolina". Se por um lado, realiza-se a inserção dessa especial mulher nordestina no cosmos, como bem demonstra literariamente a ruptura formal em que o ornamento é embutido no texto, por outro, a cena do enterro é descrita pelo povo, num ritmo batido, intensamente violento.

A amplitude da problemática que cerca as relações humanas no mundo moderno se entrelaça com as miudezas e dificuldades do dia-a-dia vivenciadas por personagens do solo nordestino, numa requintada elaboração literária. As inovações na arte de contar estórias não caem na esterilidade de técnicas novidadeiras, esvaziadas de conteúdo. Fruto de um obstinado compromisso com a literatura, com seu tempo e seu espaço, as narrativas de *Nove, novena* expõem formalmente a visão de mundo a que chegara Osman Lins em sua maturidade. Feito restrito a autores que surgem para perdurar, ainda que tarde o efetivo reconhecimento de sua obra.

Sandra Nitrini
São Paulo, janeiro de 2003

Observação: Serviram de base para esta antologia a primeira edição de *Os gestos* (Rio de Janeiro, José Olympio, 1957) e de *Nove, novena* (São Paulo, Martins, 1966).

CONTOS

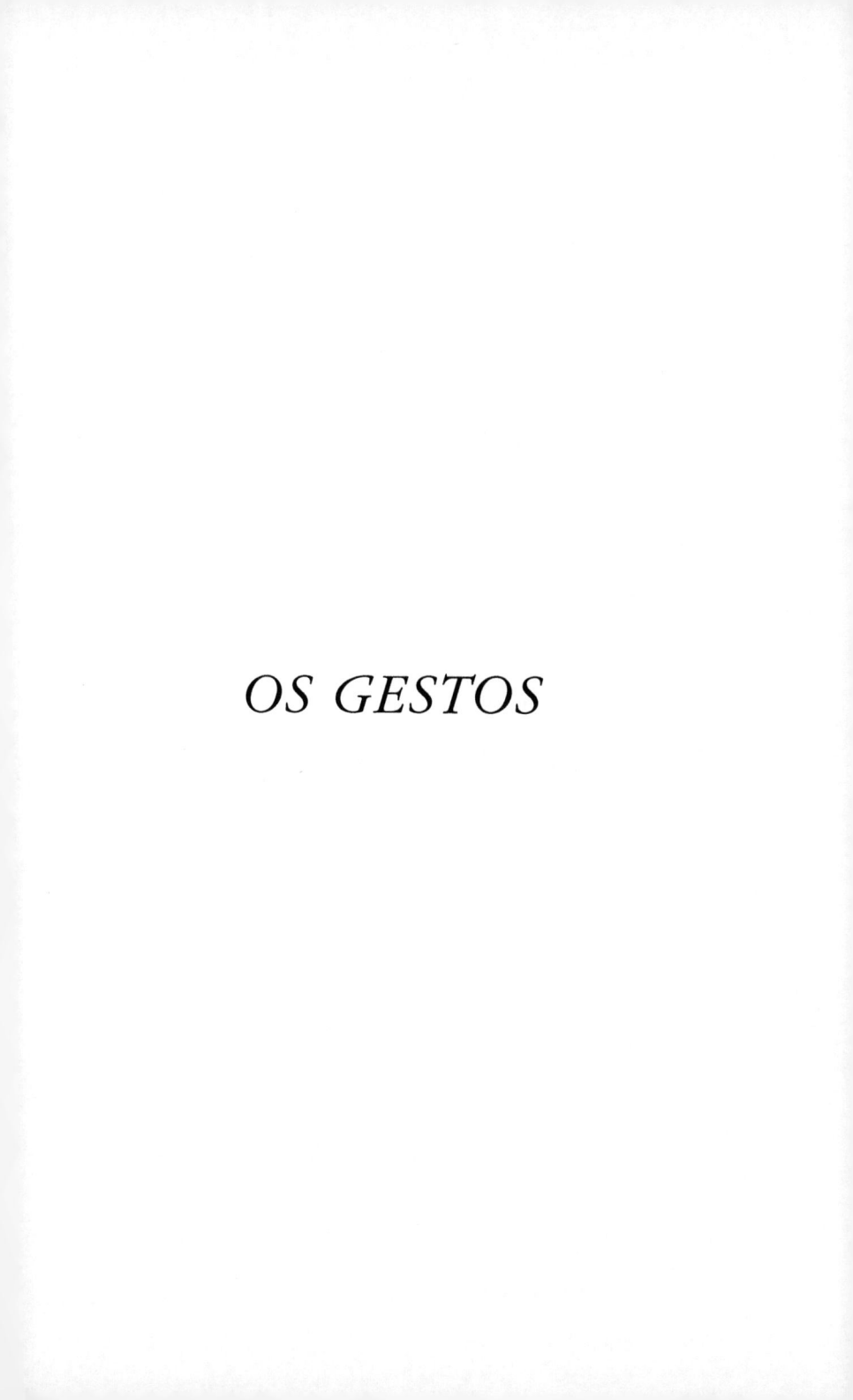

OS GESTOS

OS GESTOS

Do leito, o velho André via o céu nublar-se, através da janela, enquanto as folhas da mangueira brilhavam com surda refulgência, como se absorvessem a escassa luz da manhã. Havia um segredo naquela paisagem. Durante minutos, ficou a olhá-la e sentiu que a sua grave serenidade o envolvia, trazendo-lhe um bem-estar como não sentia há muito. "E eu não o posso exprimir — lamentou. Não posso dizer." Se agitasse a campainha, viria a esposa ou uma das filhas, mas seu gesto em direção à janela não seria entendido. E ele voltaria a cabeça, contendo a raiva.

Para sempre exilado — pensou. Minhas palavras morreram, só os gestos sobrevivem. Afogarei minhas lembranças, não voltarei a escrever uma frase sequer. Igualmente remotos os que me ignoram e os que me amam. Só os gestos, pobres gestos...

Os pensamentos fatigaram-no. Veio, como de outras vezes, a idéia de que tudo aquilo poderia cessar, restituindo-o à companhia dos seus, mas ele recusou a esperança. "Nunca mais — insistiu. Nunca. Esta é que é a verdade." Súbita, febril impaciência fê-lo agitar-se, trazendo-lhe à mente o seu despertar um mês antes e o horror ao perceber que estava sem voz, mas ele tentou afastar a lembrança. "Esquecer todas as palavras. Resignar-me ao silêncio."

Um casal de pássaros esvoaçou, além da árvore, dando a impressão de que as asas tocavam o céu cinzento, levantando um ondular de ondas que se cruzaram e extinguiram-se. A ilusão embalou-o: durante segundos, achou-se debruçado ante uma paisagem lacustre, vinculada à sua juventude, ignorava por que laços; mas quando um vento agitou a mangueira, o instante presente retomou-o com tal suavidade e de modo tão repentino, que não o surpreendeu: a aspereza da barba sobre o dorso da mão, o desapontamento abafado, o calor do leito e os sons vadios ressurgiram sem choque, como se o distante lago não houvesse fremido e se dissipado num segundo.

Na sala de jantar, a mulher gritou para que apanhassem a roupa estendida no quintal; ele ouviu a irritada exclamação da filha mais nova e seus pés descalços afastarem-se correndo. Sorriu: distraía-se agora imaginando grandes panos brancos soprados pelo vento — uma fila interminável de lençóis túmidos, camisas bracejantes e lenços —, nítidos, reais, arrebatados um a um por mãos invisíveis que os faziam desaparecer. Algumas pancadas extinguiram-nos; ele reencontrou o céu mais escuro, a copa mais virente; mas só percebeu que haviam batido à porta da rua, quando a mulher cruzou o corredor, magra, lépida, sem olhar para o quarto.

"Uma visita. Inútil imaginar-lhe o rosto. É uma visita." E ficou a olhar para a entrada, coração aos saltos, buscando reconhecer a voz masculina que se alternava com a da esposa e se avizinhava. "Rodolfo! Cinco ou seis dias, talvez mais!" Queria abraçar o recém-chegado e quando este se aproximou, ele não conteve o impulso: estendeu os braços e o reteve junto a si, emitindo um gemido nasal, a suportar uma onda de felicidade transbordante, cujos motivos desconhecia. Antes, os encontros com Rodolfo lhe davam prazer mas não provocavam efusões. Agora, o rosto largo, de maçãs salientes, o semblante sem malícia, o torso amplo, a alva roupa de linho e o ar de vida que ele desprendia, eram coisas inestimáveis e André continuava a estreitá-lo, gemendo, até que o olhar indecifrável da esposa, visto por sobre a nuca do amigo, fê-lo afrouxar o amplexo.

Sentado junto à cama, o rapaz se esforçava para não fazer perguntas nem ficar em silêncio; o rosto móbil oscilava entre a gravidade e o riso, detendo-se às vezes a olhá-lo entre apreensivo e cismático — a expressão que deveria ter ante o filho doente — e o homem indagava se era a sua vitalidade ou a roupa branca o que o fazia repousante. Rodolfo lembrava um marinheiro, sua presença tinha uma amplitude de viagens. Como era diferente daquela mulher por trás dele, em seu vestido escuro, fria e vigilante, pronta a insinuar que a visita se alongava!

Devido à chuva próxima, ela não teve que intervir. O rapaz levantou-se, estendeu a mão num gesto franco. André fê-lo curvar-se e abraçou-o outra vez, com força, tornando a gemer. Com as duas mãos, apertou-lhe ainda o braço, deixou-o ir e ficou a olhar com gratidão o dorso forte, à espera de um aceno final; Rodolfo perguntava pelas moças, foi embora sem voltar-se.

A mulher tornou ao quarto, com o invariável gesto de enfado que se sucedia às visitas, mesmo breves, o que era a sua maneira de se mostrar solidária. Indagou, com acento imperativo, se ele queria leite, cerrou a janela e saiu.

André ficou só, olhando as rótulas fechadas. Quisera pedir à esposa que as soltasse, deixando-lhe algumas nesgas de céu, mas nem ao menos esboçou o gesto. Imobilizava-o novo acesso de fadiga e ele ficou a ouvir os passos da mulher — um caminhar sorrateiro, em que os pés se encurvavam nos chinelos, contidos, pousando aos poucos no solo, de modo que ao fim do corredor já não eram escutados, embora ele os acompanhasse ainda em imaginação.

A chuva anunciada chegou, banhando o arvoredo invisível, alguém correu na calçada, as primeiras gotas bateram na janela, ressoaram nas telhas. Ele sorriu, enleado, mas uma visão trespassou-o: Rodolfo alcançado pela chuva, a mão protegendo a fronte, a roupa de linho a molhar-se. Foi como se o visse esmagado: oprimiu-o uma compaixão violenta; soergueu-se, tomou a campainha e agitou-a, frenético, até que a mulher voltou e pôs-se a fazer-lhe perguntas, com tal rapidez que seria impossível entendê-la. As duas filhas surgiram na porta, assustadas; voltou-se para elas e entrou a gesticular, ainda aflito. Veio-lhe então o desejo de estar só, sem aquelas presenças inúteis; escorraçou-as com um gesto brutal e deitou-se.

De olhos cerrados, ouviu-as murmurar. Três mulheres espantadas queriam que lhes dissesse algo. Deviam saber que isto era impossível: sua voz estava morta. Quando pereceriam os olhos? Quando seria a morte da memória?

Afastaram-se os passos, confusos, entrelaçando-se como os fios de uma trança. Mariana, Lise e a mulher fundiram-se numa sombra vaga, dispersaram-se e mergulharam na chuva, que as dissolveu.

Ele corre na manhã invernal, os pés descalços cortando poças de água. A prima chama-o, à janela; voam cabelos sobre o rosto infantil, que sorri. A viagem do barco de papel repousa nas mãos da menina. Ele toma-o, curva-se, entrega-o à enxurrada. Nascem veleiros, alvíssimos, libertos no mar.

Mas haveria raízes penetrando-o? Seria ele um campo, um vasto campo sob a chuva, guardado pela noite? Buscava-o uma voz familiar, longínqua, vencendo corredores infindos. Ele reconheceu aquela pressão em seu ombro, voltou-se; cingiu o punho da filha mais velha, encontrando inesperado prazer em sentir-lhe as pulsações.

O rosto inclinado olhava-o, frágil, pálido, fosco. Os anos tinham alongado seus traços, definira-os, mas a infância permanecera na boca e nos olhos, misteriosa, com o seu espanto e sua malícia contida.

André soltou o punho delgado; e enquanto via a filha se preparar para servir o leite sem dirigir-lhe a palavra, voltou a lembrar-se de Rodolfo, percebendo, com súbita lucidez, que todas as visitas evitavam agora as frases de esperança e falavam o menos possível com ele. "Todos já aceitaram a mudez como um fato consumado. Lise também, também. Eu não tenho ilusões, mas desejaria que eles, pelo menos... Consumado."

Ela estendia um biscoito que mergulhara no leite. Isso afastou as preocupações e ele se entregou àquele prazer que não estava só no alimento, mas na curvatura da filha, no modo como os dedos finos se moviam e no riso que ele sentia pairar, fugidio, em algum ponto do rosto apreensivo.

"Lise é um anjo. Ao menos isso, eu..." E mais uma vez lamentou não poder desculpar-se pelo que havia feito, quando ela tivera a idéia de trazer-lhe uma folha de papel com o alfabeto, para que ele indicasse as letras dos nomes que procurava dizer. "Talvez ela tenha compreendido que eu não pude expressar-me e que isto me irritou." Mas ele gostaria de contar-lhe que, ao lhe arrebatar das mãos o papel e rasgá-lo, obedecera a um impulso irresistível, a um violento rancor contra aqueles sinais que pareciam esquivar-se ao seu entendimento e cuja profusão o irritara como um enxame de moscas. E que os momentos seguintes, enquanto alguém soluçava e todos se afastavam do quarto, tinham sido os mais dolorosos de sua vida. "Eu pensava nos gestos. Em não falar, não escrever. Gesticular, apenas. Eu pensava nos gestos."

Segurou o braço da filha, com ânsia, a olhá-la, e o sorriso pressentido aflorou, difuso, remoto, evanescente, surpreendendo-o e ferindo-o por não corresponder à sua aflição. Esforçando-se para conter as lágrimas, ele voltou a cabeça.

A chuva continuava firme e o apaziguou. Junto, Lise permanecia em silêncio, tão imóvel que André se imaginou sozinho e voltou-se. Ela ofereceu-lhe outro biscoito, como se nada houvesse acontecido.

Mariana apareceu depois, cinto justo, queixo para cima, alteando os seios novos:

— Papai agora virou menino.

Foi à janela, soltou as fasquias; o quarto ficou mais claro, um vento úmido agitou a lâmpada pendente e a irmã repreendeu-a:

— Está louca?

— Por quê?

— Não vê que essa frieza pode fazer mal a ele?

Mas pelas frinchas que se sobrepunham, cada vez mais delgadas, até se anularem no alto, apareciam agora a fronde, a chuva e o céu escuro — retalhados e ainda assim atraindo-o com uma sedução tão forte, que ele agitou as mãos, protestando.

— É o vento, papai. Está frio.

Ele se obstinou, as rótulas ficaram abertas. Mariana deixou a janela, foi ao toucador, abriu e fechou as gavetas, sem procurar coisa alguma, escrutando disfarçadamente o espelho, com enlevo. Para ela, a adolescência ainda era uma espécie de conquista nova e absorvente — pensou ele — cegando-a para tudo que não fossem as suas próprias belezas ou as que julgava possuir.

Lise tirou-lhe o guardanapo do pescoço, cobriu seus braços com o lençol e deixou-o. Mariana seguiu-a, petulante, ajeitando os cabelos. A chuva insistia, o vento sacudia a lâmpada. A enxurrada engrossava, pingavam as biqueiras e os rumores se fundiam num som único, manso, que lembrava um caudal.

Do silêncio que se fizera em seu espírito, ele sentiu, à maneira de reflexo que abandonasse um espelho, destacar-se um outro ser, ligado aos seus sentidos, mas alheio às paredes. Modelou toda a copa da árvore semi-invisível, o tronco, a inchação das raízes; as pedras úmidas, além; outras folhagens, um telhado escuro, a erva rala junto ao muro rachado — coisas fugidias, a fasciná-lo com sua consistência de sonho. Fechou os olhos, isto não alterou a contemplação. Com aterrorizada alegria, sentiu-se disperso, livre na vastidão da manhã.

Como dizer? — perguntava. Seria possível? A pergunta continha a certeza de que não chegariam a entendê-lo. Como de outras vezes, descreveria visões para cegos, com termos profanos, que as degradariam. Impossível.

Os rumores da chuva refluíram, levando a paisagem; quando tornaram, vieram sós, desencantados. O velho André abriu os olhos. Mariana estava de costas para a janela, os cotovelos no peitoril e as mãos cruzadas sobre o ventre. Por trás dela, na linha exterior das fasquias, cintilavam gotas de água; cresciam trêmulas, deslizavam, uniam-se, caíam. Uma claridade opalina subia do pescoço, tocava o queixo da moça, banhava sua face direita e extinguia-se na penugem da fonte. O resto das feições, mal se percebia; mas era evidente que algo se anunciava, um evento único, secreto — e ele conteve a respiração. A parte do colo sobre que incidia a luz pálida fremiu, palpitou, os lábios se entreabriram, estremeceram as narinas. Soprou um vento forte, que agitou seus cabelos e precipitou o tombar das gotas de água. Ela moveu a cabeça em direção à luz, lenta, com um suspiro ansioso. O rosto era belo e se renovava, como um ser adormecido que enriquecesse no deslumbramento de um sonho. O pai não se enganara, aquele era um momento único, ela cruzava um limite: quando se afastasse, os últimos gestos da infância estariam mortos.

Isto é inexprimível — pensou. E que não o é? Meus gestos de hoje talvez não sejam menos expressivos que minhas palavras de antes. Fechou os olhos, para conservar durante o maior tempo possível aquela visão. Quando tornou a abri-los, Mariana se fôra, a chuva passara e ele viu que estivera dormindo, sem haver sonhado.

REENCONTRO

a
Carmen Dolores Barbosa.

As casas pricipiavam a mover-se. Faces de ar curioso e abismado desfilam com velocidade crescente pela janela — e desaparecem: ficam para trás, com sua estação, sua tranqüila cidade e seus sonhos.

À minha frente, Zilda, com um vestido que procura dissimular o volume do ventre, pousou as mãos no regaço e olha a paisagem.

"Nunca cheguei a imaginá-la com um vestido desse — dizia-lhe há pouco. Só pensava em você trepando em árvores, jogando bola, atirando de baladeira e coisas assim. Talvez foi por isso que tive ciúme, quando soube que ia casar-se."

"Ciúme?! — exclamou. Mas nem sequer fomos namorados!"

"Não é isso — expliquei. É que possuímos tantas lembranças comuns! Além do mais, o fato de me haver separado de você e, durante tantos anos, não ter notícias suas, conservou-a imutável. Era como nos contos: um Reino Encantado. A notícia rompeu o encanto, foi isto. Você não era mais aquela menina de quem eu me lembrava."

"Mas dizer que teve ciúmes! É absurdo."

"Você tem razão, eu me expressei mal. Não foi ciúme, foi tristeza."

Por um explicável pudor, abstive-me de revelar que, até então, contara com a possibilidade de reencontrá-la solteira, idéia esta mesclada com uma infinidade de anseios. (E que, deste modo, o sentido que ela atribuíra à palavra *ciúme*, não era de todo inexato.) Mas não contive o desejo de confessar que durante certo período da infância, meu primeiro pensamento era dedicado a ela e que as noites, eu só as suportava por ter certeza de que o dia seguinte nos reuniria outra vez. "Éramos bons amigos — condescendeu. Grandes amigos."

Sua voz cantante, um pouco áspera e mesmo assim agradável, tornou-se pausada; o riso é menos vibrante; e os olhos, embora conservando o brilho antigo, já não possuem a mesma vida: de alegres que eram, têm agora um quê de melancólica serenidade.

— Como exagerávamos tudo! — diz ela. As alegrias eram sempre as maiores possíveis. Contrariedades tolas pareciam enormes. Um castigozinho qualquer nos matava de raiva e nos julgávamos então as criaturas mais infelizes desse mundo.

— Lembro-me de um filme...

— "Lobos do Mar."

— Sim. Quando chegou o dia, encontrei-me com você na missa. Sua mãe não queria deixá-la ir ao cinema.

— Eu estava...

— Trincava os dentes, chutava as pedras que encontrava e jurou que se não fosse ver aquela fita, fugia para a minha casa.

Sorrimos ambos. Seu rosto, que pouco antes revelava certa apatia, se anima. Naquele tempo, sua decisão empolgara-me. Hoje, nada parece mais irrisório: éramos vizinhos. Frágil e alto muro dividia nossos quintais. Mas não era tão alto nem frágil que nos impedisse de escalá-lo e aí ficarmos empoleirados: eu sonhando, contando histórias, declamando versos, inventando projetos; ela escutando, tornando meus planos mais ousados, minhas histórias mais excitantes, erguendo-se, sentando-se, levantando-se outra vez e seguindo ao longo do muro, com uma segurança que ainda hoje me espanta. Em dado momento dava um salto, agarrava-se a um galho da goiabeira que ficava em meu quintal, balouçava-se gritando, soltava um brado de guerra e caía em pé. Meio minuto depois, estava a meu lado. Mas não demorava muito. Logo voltava a correr e punha-se a insultar os cães dum quintal vizinho, que pulavam para mordê-la, mas felizmente nunca a alcançaram.

— Estou me lembrando do muro, Zilda. Se você caísse na boca daqueles cachorros, eles lhe comiam.

— Isso era se fosse você — bravateia. Lembra-se daquela queda, no meu quintal?

— Você deu uma gargalhada. Para me vingar, fingime desacordado. Você saltou aflita...

— Qual! Nada de aflita.

— Correu para mim, agitou-me a cabeça, eu joguei areia em seus cabelos. Nós rimos!

— Foi nesse ano que o muro caiu?

— Foi. Não, foi no outro. Perdemos o poleiro. Em compensação, ficamos com um quintal maior, mais simpático. Mas isso já não tinha muita importância para nós. Havíamos ampliado os nossos domínios. Quando as aulas terminavam cedo, a gente dava uma volta.

— As carrocinhas de água eram puxadas por jumentos.

— Você perguntava se eles pensavam. "Será que eles pensam? Será que eles pensam?"

— Quanta tolice!

— E nos dias de chuva, sempre que nos perdiam de vista, ganhávamos a rua, metíamos os pés nas poças de água.

Uma barreira pedregosa ergue-se aos lados do trem. Arestas lívidas se sucedem. Súbito, o panorama se abre.

Descortinamos uma pastagem ampla, que se estende até o cume de um monte, ultrapassa-o.

— Lembra-se de nossa excursão ao morro, Zilda?

— Fomos os primeiros a chegar lá em cima. Os outros eram uns velhos.

— A princípio, você corria na frente. Eu a perseguia. Lá para o meio da subida, você se atirou no chão e eu me estendi a seu lado. Vimos então uma fonte.

— Um olho-d'água.

— Que seja. O importante é que eu bebi água em suas mãos e você nas minhas.

— Água morna, salobra.

Calo-me. Somos, não resta dúvida, temperamentos díspares. Está visto que essas evocações não têm igual valor para nós. Ela tem uma visão imparcial do que lhe sucede na vida. Sua memória, demasiado fiel, não transmuda nem escolhe. E se esqueceu alguma coisa, não é por nenhum motivo. Esqueceu-a, apenas.

Disponho-me a calar nossas lembranças; mas ela, para minha surpresa, insiste no tema:

— Formidável foi aquela temporada na fazenda de seu tio.

Olho seu rosto. Recordo nossas prodigiosas viagens numa carroça bamboleante, queixosa, aves de nomes desconhecidos, as pinguelas gêmeas sobre o regato com peixes.

— Dávamos comida às galinhas, — continua ela — aos pombos, aos porcos.

Desejo vingar-me, fingir indiferença. Não resisto, porém:

— Estou me lembrando é das carreiras no canavial.

— Que atravessávamos com um medo enorme de encontrar uma cobra. Mesmo assim, passávamos horas, brincando de esconder. Éramos corajosos.

— Eu só não tinha coragem de roubar ninhos.

— Mas eu, sim. Por sinal, nesse dia, um cavalo lhe derrubou na lama.

— Você é terrível — murmuro. Não esquece meus tombos.

Em silêncio, revejo nossa volta, a alegria fundida em tristeza e os ruidosos adeuses aos lugares e às coisas que nunca pudemos rever. "Sem que o soubéssemos — penso —, quase que nos apartamos ali de nossa infância." Pois o que veio a acontecer poucos dias depois, fez-me suspeitar, não sem amargura, que alguma coisa estava morta para nós; e que em seu lugar nascera outra que ainda não entendíamos bem. Agora, que já não tem mistério o que se passou, vem-me o desejo de evocar esse fato que embora naquela época houvesse provocado nosso afastamento, é para mim o que mais nos une hoje, com a sua força particular de segredo comum.

— Não sei se você se lembra, Zilda. Dias depois eu apanhei um ramo de jasmins e esfreguei em seus cabelos.

— Você gostava de fazer isso.

— Tomei depois sua cabeça com as duas mãos e cheirei-a. Você sorria, divertida. Mas quando a soltei... É engraçado. Quando a soltei, que olhei seu rosto, você não sorria mais; estava vermelha, seus olhos tinham um brilho... um brilho que eu nunca vira.

Ela sorri, com atenção. Parece divertir-se com o meu relato. Observo-a, vagamente espantado.

— Desfez-se das pétalas que restavam em sua cabeça e saiu correndo como louca, deixando-me na estrada. Lembra-se?

Decorrem segundos. A expressão de seu rosto — um vago sorriso, o olhar longínquo, vazio — não permite dúvidas: ela esqueceu. Insisto, busco reavivar sua memória:

— Como não se lembra? Isto foi, a bem dizer, o fim de nossas relações. Daí por diante, as coisas mudaram. Ficamos desconfiados, cautelosos. Separamo-nos, quase.

— Isso tinha de acontecer algum dia. Não iríamos passar a vida inteira como duas crianças. Mas não creio que nos tenhamos separado assim, de repente.

— De qualquer modo, aquele foi o último gesto espontâneo entre nós. Meses depois, no dia anterior à minha partida, ainda jogamos na sala, com a bola de ar de meu irmão. Quando menos esperávamos, ela estourou. Sorrimos um para o outro. De súbito, você ficou séria. Sentou-se. Notei que estava constrangida e saí. Foi a última vez que nos vimos.

— Sim, tenho lembrança disso e até de que fiquei aborrecida porque você não se despediu de mim. Mas não me lembro de ter ficada constrangida. Talvez fosse impressão sua.

"O tesouro que eu supunha comum, é unicamente meu — verifico. Apesar de havermos vivido durante muito tempo as mesmas aventuras, cada um recolheu o que elas continham de si próprio. Evocá-las, jamais repetirá o milagre de fazer com que sejam um elo entre nós — se é que mesmo naquele tempo estivemos unidos algum dia." E, para surpresa minha, o fato de reconhecer que ela não participa de minhas recordações como eu supunha, me alegra — contentamento indeciso ainda, mas vivo, desopressor.

Olho para fora. A linha férrea margina agora a estrada de rodagem. A máquina desprende vapor, ruidosamente, atirando para trás uma poalha líquida, iluminada pelo sol. Através da iridescente neblina, num cabriolé de rodas vermelhas, segue uma jovem de azul. O cavalinho baio tem uma papoula na testa. A moça vai sorrindo, leva uma rosa na mão e acena para o trem com a sua flor.

Respondo ao seu adeus.

A PARTIDA

Hoje, revendo minhas atitudes quando vim embora, reconheço que mudei bastante. Verifico também que estava aflito e que havia um fundo de mágoa ou desespero em minha impaciência. Eu queria deixar minha casa, minha avó e seus cuidados. Estava farto de chegar a horas certas, de ouvir reclamações; de ser vigiado, contemplado, querido. Sim, também a afeição de minha avó incomodava-me. Era quase palpável, quase como um objeto, uma túnica, um paletó justo que eu não pudesse despir.

Ela vivia a comprar-me remédios, a censurar minha falta de modos, a olhar-me, a repetir conselhos que eu já sabia de cor. Era boa demais, intoleravelmente boa e amorosa e justa.

Na véspera da viagem, enquanto eu a ajudava a arrumar as coisas na maleta, pensava que no dia seguinte estaria livre e imaginava o amplo mundo no qual iria desafogar-me: passeios, domingos sem missa, trabalho em vez de livros, mulheres nas praias, caras novas. Como tudo era fascinante! Que viesse logo. Que as horas corressem e eu me encontrasse imediatamente na posse de todos esses bens que me aguardavam. Que as horas voassem, voassem!

Percebi que minha avó não me olhava. A princípio, achei inexplicável ela fizesse isso, pois costumava fitar-me, longamente, com uma ternura que incomodava. Tive raiva do que me parecia um capricho e, como represália, fui para a cama.

Deixei a luz acesa. Sentia não sei que prazer em contar as vigas do teto, em olhar para a lâmpada. Desejava que nenhuma dessas coisas me afetasse e irritava-me por começar a entender que não conseguiria afastar-me delas sem emoção.

Minha avó fechara a maleta e agora se movia, devagar, calada, fiel ao seu hábito de fazer arrumações tardias. A quietude da casa parecia triste e ficava mais nítida com os poucos ruídos aos quais me fixava: manso arrastar de chinelos, cuidadoso abrir e lento fechar de gavetas, o tique-taque do relógio, tilintar de talheres, de xícaras.

Por fim, ela veio ao meu quarto, curvou-se:

— Acordado?

Apanhou o lençol e ia cobrir-me (gostava disto, ainda hoje o faz quando a visito); mas pretextei calor, beijei sua mão enrugada e, antes que ela saísse, dei-lhe as costas.

Não consegui dormir. Continuava preso a outros rumores. E quando estes se esvaíam, indistintas imagens me acossavam. Edifícios imensos, opressivos, barulho de trens, luzes, tudo a afligir-me, persistente, desagradável — imagens de febre.

Sentei-me na cama, as têmporas batendo, o coração inchado, retendo uma alegria dolorosa, que mais parecia um anúncio de morte. As horas passavam, cantavam grilos, minha avó tossia e voltava-se no leito, as molas duras rangiam ao peso de seu corpo. A tosse passou, emudeceram as molas; ficaram só os grilos e os relógios. Deitei-me.

Passava de meia-noite quando a velha cama gemeu: minha avó levantava-se. Abriu de leve a porta de seu quarto, sempre de leve entrou no meu, veio chegando e ficou de pé junto a mim. Com que finalidade? — perguntava eu. Cobrir-me ainda? Repetir-me conselhos? Ouvi-a então soluçar e quase fui sacudido por um acesso de raiva. Ela estava olhando para mim e chorando como se eu fosse um cadáver — pensei. Mas eu não me parecia em nada com um morto, senão no estar deitado. Estava vivo, bem vivo, não ia morrer. Sentia-me a ponto de gritar. Que me deixasse em paz e fosse chorar longe, na sala, na cozinha, no quintal, mas longe de mim. Eu não estava morto.

Afinal, ela beijou-me a fronte e se afastou, abafando os soluços. Eu crispei as mãos nas grades de ferro da cama, sobre as quais apoiei a testa ardente. E adormeci.

Acordei pela madrugada. A princípio com tranqüilidade, e logo com obstinação, quis novamente dormir. Inútil, o sono esgotara-se. Com precaução, acendi um fósforo: passava das três. Restavam-me, portanto, menos de duas horas, pois o trem chegaria às cinco. Veio-me então o desejo de não passar nem uma hora mais naquela casa. Partir, sem dizer nada, deixar quanto antes minhas cadeias de disciplina e de amor.

Com receio de fazer barulho, dirigi-me à cozinha, lavei o rosto, os dentes, penteei-me e, voltando ao meu quarto, vesti-me. Calcei os sapatos, sentei-me um instante à beira da cama. Minha avó continuava dormindo. Deveria fugir ou falar com ela? Ora, algumas palavras... Que me custava acordá-la, dizer-lhe adeus?

Ela estava encolhida, pequenina, envolta numa coberta escura. Toquei-lhe no ombro, ela se moveu, descobriu-se. Quis levantar-se e eu procurei detê-la. Não era preciso, eu tomaria um café na estação. Esquecera de

47

falar com um colega e, se fosse esperar, talvez não houvesse mais tempo. Ainda assim, levantou-se. Ralhava comigo por não tê-la despertado antes, acusava-se de ter dormido muito. Tentava sorrir.

Não sei por que motivo, retardei ainda a partida. Andei pela casa, cabisbaixo, à procura de objetos imaginários, enquanto ela me seguia, abrigada em sua coberta. Eu sabia que desejava beijar-me, prender-se a mim, e à simples idéia desses gestos, estremeci. Como seria se, na hora do adeus, ela chorasse?

Enfim, beijei sua mão, bati-lhe de leve na cabeça. Creio mesmo que lhe surpreendi um gesto de aproximação, decerto na esperança de um abraço final. Esquivei-me, apanhei a maleta e, ao fazê-lo, lancei um rápido olhar para a mesa (cuidadosamente posta para dois, com a humilde louça dos grandes dias e a velha toalha branca, bordada, que só se usava em nossos aniversários).

CADEIRA DE BALANÇO

Júlia Mariana levou as mãos ao estômago. Mas a ânsia, agravada nos últimos dias por uma fadiga que nem o sono lograva dissipar, não cessava.

Deu alguns passos, sentou-se no lugar predileto do esposo — uma cadeira ampla em cujos braços ele apoiava as mãos fortes e onde permanecia longas horas calado. Ah! Esses silêncios, esses silêncios... Mas para que pensar neles? Sentada na cadeira de Augusto, a balançar-se de leve, sentia-se tão bem! Só mesmo ali conseguia desoprimir o peito — castigado pelo ventre crescido — e respirar com alívio. Para que pensar em coisas tristes?

Na parede branca, em sua moldura dourada que contrastava com a mobília pobre, o grande espelho não lhe refletia a imagem. Júlia Mariana achou bom que assim fosse: não queria se ver. Não queria ver as manchas pardacentas no rosto, a barriga enorme e as pernas inchadas, que a martirizavam tanto quando tinha de andar. E os pés?... Como estariam? Ergueu-os, curvou-se um pouco: lívidos, com as veias ocultas sob a inchação, tinham a aparência de um ex-voto de cera.

— Abstenha-se de carne — dissera o doutor. Abstenha-se de sal. E faça pouco esforço, entende? Pouco esforço.

A criança moveu-se. Júlia Mariana pôs-se a observar os leves tremores que seus movimentos causavam.

— Nascerá? — pensou. Terei forças, fraca, depauperada como estou? Faça pouco esforço...

Ora... Tinha que lavar ainda as camisas de Augusto, acender o fogo, pôr a mesa, preparar o jantar, servi-lo. E lavar os pratos, depois, se já não estivesse exausta. Faça pouco esforço... Bem gostaria de obedecer. Sentia-se bem ali, mas não era possível balançar-se a tarde inteira. Tinha tanto que fazer!

Arrastando os pés grossos, foi buscar as camisas. Apanhou a bacia, o sabão, dirigiu-se ao quintal.

Quando chegou à bomba, estava ofegante. Apoiouse à alavanca. No alto, sobre o quintal feio e sujo, brilhava o calmo sol das quatro horas. Grandes nuvens claras passavam, tão vagarosas que mal se notava o seu vôo. Uma mulher, nas vizinhanças, batia roupa e cantarolava.

Ah! — lembrou-se Júlia Mariana. É tão bom cantar! Nunca mais cantei... Uma aragem fresca soprou em seu rosto e agitou de leve algumas flores raquíticas, risos-de-maria e margaridas, murchos, cercados de mato, que sufocavam ao pé do muro ferido. Nunca mais pude aguar meus canteiros. Nunca mais. E começou a acionar lentamente a alavanca.

A cada vaivém sua respiração tornava-se mais difícil e mais exaustiva a tarefa, até que sua cabeça pareceu flutuar, num giro silencioso que foi morrendo e cessou.

Baixou-se, mergulhou as mãos na água. Tinha que lavar as camisas. Mais tarde, se não as encontrasse no arame, Augusto ficaria aborrecido e haveria de perguntar-lhe o que andara a fazer a tarde inteira. E já bastava o afastamento dele, que aumentava sempre, desde que a cintura dos vestidos... Ora, para que pensar em coisas tristes?

Mas como lhe doíam as pernas, como era difícil o equilíbrio! Susteve-se à bomba e apoiou a fronte nas mãos, esperando que a dor cessasse. Como isto maltrata, meu Deus! Nunca mais cantei, nunca mais agüei minhas flores... Mais nítida, mais aguda, a dor flagelava-a e Júlia Mariana reergueu-se. A cabeça cresceu, zuniu. Aturdida, ela se sentiu rodopiar, rápida, vertiginosamente, num mundo escuro, oscilante, cheio de riscos luminosos. Estendeu os braços, segurou-se à alavanca: teve a impressão de que o ferro se curvava, de que cedia ao peso de seu corpo. Meu Deus, amparai-me!

Voltou para dentro, devagar, tornou à sala de frente. Sentou-se outra vez na cadeira de Augusto e recomeçou a balançar-se. Em breve, olhos fechados, a boca entreaberta, deliciava-se com antigas e amáveis lembranças: certo baile, momentos do noivado, uns sequilhos que sua mãe sabia preparar... Ah! era bom estar sentada ali. E como estava silenciosa a tarde e que sossego tão grande havia no mundo! Mas que trabalho fizera para merecer essa recompensa? Não fizera o jantar, não lavara as camisas. E quando ele chegasse... Quando chegasse, iria reclamar. Não responderia, não diria uma palavra — e mais tarde, quando morresse, ele teria remorsos, se arrependeria de tudo. Quando eu estiver morta, nesta sala... Mordeu a polpa do polegar, fixou no ventre os pequenos olhos encovados. O remorso passaria logo. Não faltavam mulheres, ele se casaria novamente — e seus cabelos, suas mãos, até aqueles silêncios enormes, que tanto a incomodavam, tudo pertenceria à outra. Oh! meu Deus, fazei com que eu viva, fazei com que ele me queira novamente, dai-me forças e eu farei, só para Vós, um canteiro de... de cravos, ou rosas brancas, ou lírios...

Mas quem a ouviria? Como chegaria aos céus uma súplica muda e quem sabe se impura? E depois, todas as flores pertenciam a Deus. Ela não tinha o que dar, não tinha o que oferecer. Inclinou o rosto e começou a chorar.

    Quando Augusto voltou, o pranto cessara mas seus olhos ainda estavam vermelhos. Sem olhá-la, ele jogou ao sofá um jornal e o chapéu, tirou o paletó, a gravata e pendurou-os num gancho. (Era o ritual da chegada.) Abriu a janela, apanhou o jornal, tocou no ombro da mulher. Júlia Mariana se ergueu com esforço e ele ocupou o lugar.

O VITRAL

Desde muito, ela sabia que o aniversário, este ano, seria num domingo. Mas só quando faltavam quatro ou seis semanas, começara a ver na coincidência uma promessa de alegrias incomuns e convidara o esposo a tirarem um retrato. Acreditava que este haveria de apreender seu júbilo, do mesmo modo que o da Primeira Comunhão retivera para sempre os cânticos.
— Ora... Temos tantos... — respondera o homem. Se tivéssemos filhos... Aí, bem. Mas nós dois! Para que retratos? Dois velhos!
A mão esquerda, erguida, com o indicador e o médio afastados, parecia fazer da solidão uma coisa tangível — e ela se reconhecera com tristeza no dedo menor, mais fino e recurvo. Prendera grampos aos cabelos negros, lisos, partidos ao meio, e levantara-se.
— Está bem. Você não quer...
(A voz nasalada, contida, era um velho sinal de desgosto.)
— Suas tolices, Matilde... Quando é isso?
Como se a idéia a envergonhasse, ela inclinara a cabeça:
— Em setembro — dissera. No dia vinte e quatro. Cai num domingo e eu...

— Ah! Uma comemoração — interrompera o esposo. Vinte anos de casamento... Um retrato ameno e primaveril. Como nós.

Na véspera do aniversário, ao deitar-se, ela ainda lembrara essas palavras; mas purificara-se da ironia e as repetira em segredo, sentindo-se reconduzida ao estado de espírito que lhe advinha na infância, em noites semelhantes: um oscilar entre a espera de alegrias e o receio de não as obter.

Agora, ali estava o domingo, claro e tépido, com réstias de sol no mosaico, no leito, nas paredes, mas não com as alegrias sonhadas, sem o que tudo o mais se tornava inexpressivo.

— Se você não quiser, eu não faço questão do retrato — disse ela. Foi tolice.

— O fotógrafo já deve estar esperando. Por que não muda o penteado? Ainda há tempo.

— Não. Vou assim mesmo.

Abriu a porta, saíram. Flutuavam raras nuvens brancas; as folhas das aglaias tinham um brilho fosco. Ela deu o braço ao marido e sentiu, com espanto, uma anunciação de alegrias no ar, como se algo em seu íntimo aguardasse aquele gesto.

Seguiram. Soprou um vento brusco, uma janela se abriu, o sol flamejou nos vidros. Uma voz forte de mulher principiou a cantar, extinguiu-se, a música de um acordeão despontou indecisa, cresceu. E quando o sino da Matriz começou a vibrar, com uma paz inabalável e sóbria, ela verificou, exultante, que o retrato não ficaria vazio: a insubstancial riqueza daqueles minutos o animaria para sempre.

— Manhã linda! — murmurou. Hoje eu queria ser menina.

— Você é.

A afirmativa podia ser uma censura, mas foi como um descobrimento que Matilde a aceitou. Seu coração bateu forte, ela sentiu-se capaz de rir muito, de extensas caminhadas, e lamentou que o marido, circunspecto, mudo, estivesse alheio à sua exultação. Guardaria, assim, através dos anos, uma alegria solitária, da qual Antônio para sempre estaria ausente.

Mas quem poderia assegurar, refletiu, que ele era, não um participante de seu júbilo, mas a causa mesma de tudo o que naquele instante sentia; e que, sem ele, o mundo e suas belezas não teriam sentido?

Estas perguntas tinham o peso de afirmativas e ela exclamou que se sentia feliz.

— Aproveite — aconselhou ele. Isso passa.

— Passa. Mas qualquer coisa disto ficará no retrato. Eu sei.

As duas sombras, juntas, resvalavam no muro e na calçada, sobre a qual ressoavam seus passos.

— Não é possível guardar a mínima alegria — disse ele. Em coisa alguma. Nenhum vitral retém a claridade.

Cinco meninas apareceram na esquina, os vestidos de cambraia parecendo lhes comunicar sua leveza, ruidosas, perseguindo-se, entregues à infância e ao domingo, que fluíam com força através delas. Atravessaram a rua, abriram um portão, desapareceram.

Ela apertou o braço do marido e sorriu, a sentir que um júbilo quase angustioso jorrava de seu íntimo. Compreendera que tudo aquilo era inapreensível: enganara-se ou subestimara o instante ao julgar que poderia guardá-lo. "Que este momento me possua, me ilumine e desapareça — pensava. Eu o vivi. Eu o estou vivendo."

Sentia que a luz do sol a trespassava, como a um vitral.

ELEGÍADA

"Esta é a verdade: agora eu estou só. Com mais um pouco, chegará a madrugada.

As velas ficarão pálidas, os sinos dobrarão em tua homenagem; e quando o sol vier, não iluminará teus olhos.

Mais algumas horas e nossos conhecidos te levarão para o Campo. Estarão um pouco tristes, mas não podem imaginar que imensa perda eu sofri. Dirão entre si: "Tinha de ser. Um deles havia que ir primeiro..." E acharão que já sou muito idoso, que minha capacidade de sofrer se extinguiu e que não tardarei a seguir-te. Não lhes ocorrerá talvez, que é justamente por ser velho que tua ida é mais triste. Se fora moço, minha saúde afastaria a dor. Mas eu estou velho. E muito só, abandonado — sou uma criança aflita, querida. Meus filhos acham agora que os superiores são eles; que devem governar-me. Fazem recolher-me cedo, não me permitem comer o que desejo e até ralham comigo. É um modo de mostrar que me amam. Mas eu não sinto grande profundidade nesse afeto. Há uma certa rispidez na maneira como eles procuram preservar-me, como se eu fosse meio tonto.

Também os netos, creio, não me querem como eu desejava. Sempre os imaginei como ingênuas crianças, as quais eu levaria pela mão a maravilhosas viagens e para quem inventaria histórias que ouviriam com prazer. Mas quase nunca eu os levo a passeio; e quando o faço, não consigo unir-me a eles, que trocam segredos, conversam em língua codificada, sorriem. (Suponho, mesmo, que muitas vezes troçam de mim.) E se tento contar-lhes uma história, não me levam a sério. Mas me recebem com alegria quando os visito, pedem a bênção ao vovô e levam meu chapéu para guardar. Observo, contudo, que não se sentem à vontade quando me beijam a mão e que o júbilo deles se prende muito mais aos brinquedos que lhes levo. E eu os olho sorrindo, com amargura, e penso nos anos que nos distanciam e no afeto que eles mal supõem existir.

Quanto aos amigos, tu sabes muito bem que não mais os possuo. Uns morreram; outros acharam na velhice um agradável pretexto para se tornarem brigões ou dementes; e o resto me aborrece pela insistência em me fazer acreditar ser bem mais velho que eles.

Só tu me restavas. Junto a ti eu podia ser eu mesmo, sem temor de parecer ridículo. Eras tu quem tinha a chave da meu caráter e o dom de encantar-me. (Mesmo a tua zombaria era uma forma de afeição.) E agora, um duro silêncio te envolve e imobiliza. Vejo tuas mãos cruzadas, o lençol que te cobre, tuas feições tranqüilas. Sei que logo mais eles te levarão. Talvez, então, eu te beije a fronte. Não ignoro, porém, que me dói tua frieza de morta e é mais provável que beije teus cabelos. Sim, beijarei teus cabelos — que eu vi, de abundantes e negros, rarearem e encanecerem. Beijarei teus cabelos, querida; eles não mudaram com a morte. Tua fronte ficou mais límpida, o nariz mais fino, as faces se encovaram, a carne está rígida e as pálpebras não as fechaste com a suavidade de sempre. Teu cabelo, porém, continua intato; quando sopra o vento, ainda esvoaça; está vivo, é o mesmo que penteavas pela manhã e soltavas à noite, antes de dormir. E agora, se bem não os houvesses despenteado, tu dormes. E eu me sinto pesaroso e grave, como tantas vezes me senti junto a nossos filhos, quando eles estavam doentes e o sono lhes chegava pela madrugada, após uma noite inquieta e eu ficava junto a eles, sentado, olhando-os, até que tu vinhas e punhas a mão em meu ombro e fazias com que me fosse deitar. Agora, eu não conhecerei mais a doçura desse gesto. Talvez, daqui a pouco, venha alguém — um filho ou vizinho — que me induza a afastar-me de ti e deitar-me. Mas, quem quer que seja, virá com palavras. Tu, não: vinhas com o teu silêncio, com a tua tranquilidade, e fazias com que eu dormisse. Mas quando despertava, eras tu quem estava ao lado do enfermo. Isto, eles não saberão. É íntimo demais, exige um nível de compreensão mútua demasiado grande para ser revelado. Não lhes contarei.

Também não falarei a ninguém de certas coisas que guardo com imensa ternura e que, se contasse, me julgariam tonto. Não direi da emoção com que te vi, muitas vezes, fazer as mais corriqueiras tarefas. Durante anos, quase todos os dias cuidavas da casa. Eu te via, sem nada de especial. Mas vinha um dia em que eu te descobria a intimidade nesse trabalho. Via o cuidado com que afastavas a poeira, a precisão com que punhas os jarros em seus lugares, com que mudavas as toalhas, os panos; escutava teus passos e me comovia por ver como te entregavas a esses afazeres. E descobria um extremado amor nisso tudo, o que me fazia perceber como eras simples.

Lembro-me mesmo que um dia havias trabalhado muito e te deitaste cedo. Eu fiquei lendo, e, quando o sono veio, fechei as portas. Havia um silêncio tão grande! Os móveis brilhavam, não havia pó no chão; tudo em ordem, limpo, cuidado. Detive-me um instante à sala de jantar, como se pressentisse avizinhar-se um mistério. Contemplei o jarro de flores, na mesa. Tu mesma as havias colhido pela manhã. Senti tua presença diligente na limpeza, nas flores, o carinho que depositavas em tudo. E percebi que havia algo me envolvendo: cingia-me um princípio de angústia. Na cozinha, olhei para o fogo: apagara-se. Durante o dia, estivera ativo, quente. Agora, estava morto. Era cinza. O que aconteceu em seguida, foi tão ridículo e sutil, tão difícil de expressar, que nunca te contei. Eu chorei, querida. Penso que sofri uma decepção obscura e súbita, uma espécie de dor ante a pouca duração da vida; da nossa vida — não sei; é possível também que houvesse sentido, ante a simplicidade com que vivias, algo semelhante à pena que às vezes nos aflige ante um folguedo de criança. Mas é difícil explicar. Talvez o que eu houvesse sentido, fosse o presságio disto: de que virias a morrer, que nosso fogo não mais seria aceso pelas tuas mãos e que nunca voltarias a colher flores para o nosso jarro. Seria? Que me dizes?

    Oh! mas eu estou delirando. Fitava-te tão intensamente, com tanta saudade, que já te supunha viva. Se eles soubessem disto, também sorririam de mim. Na minha idade, já não se pode ter pensamentos estranhos nem fazer confissões. Fica-se ridículo, querida. E eu tenho que aproveitar estes últimos momentos em que ainda estamos juntos. É a última oportunidade de falar-te, mesmo sem abrir os lábios, e contar as tolices que não contarei a ninguém. Quero te dizer, por exemplo, uma coisa esquisita, uma coisa que não compreendo: os fatos culminantes de nossas vidas, aqueles que nunca poderíamos chegar a esquecer, perderam hoje esse privilégio. Nosso casamento não é mais importante que a lembrança conservada; como por milagre, de quando te vi, pouco antes da cerimônia, em teu traje de noiva. Tão bem me lembro como teus olhos brilhavam e como teu riso era alegre! E no momento em que fecharam a porta para teu primeiro parto, que eu não tive coragem de assistir? Antes, isso era um fato importante! Hoje, não: está no mesmo nível de um gesto teu ou de teu sorriso. Hoje ele é tão importante como a tua alegria — esse resto de infância que nunca perdeste — a tua alegria quando eu te presenteava com uma caixa de bombons ou uma fruta. Às vezes, eu te trazia biscoitos. Tu os guardavas e eu te censurava, porque me parecias avara, pois nem os comias de uma vez, nem os repartias com outrem. Mas eu te censurava sem rancor, porque sabia que a tua avareza era um modo de prolongar, ingenuamente, uma lembrança minha. Também não poderei contar isto a ninguém. Dirão que me preocupo com migalhas ou invento qualidades que não tinhas.

 E agora, querida, com quem repartirei estas memórias? Tu te vais e o peso do passado é muito grande para que eu o suporte sozinho. As palavras — todos sabem — são mortalmente vazias para exprimir certas coisas. Quando nos sentávamos, sós, a recordar nossa vida, não eram elas que restauravam os fatos: éramos nós.

 E agora, que já não existes, com quem poderei falar de coisas triviais e amadas, como teu pesar, por teres quebrado involuntariamente um presente que eu te dera e nossa alegria na primeira viagem de trem? Com quem poderei falar disto? Com quem irei comentar teu hábito de, quando eu me esquecia dos óculos, deixares que eu chegasse à esquina para só então me chamar? E eu vinha, ralhava contigo; perguntava quando deixarias de ser criança. Mais tarde, lembrava-me do episódio e me ria, disfarçadamente, com medo que me vissem e dissessem: "Olha o velho rindo sem motivo..."

Mas eu não devia estar me lembrando dessas coisas. Talvez alguém tenha visto meu sorriso e julgará que não sinto a tua falta. "Ele não chorou — pensará. E agora, sorri. Está maluco; ou então nem sentiu." Decerto, minha dor não é violenta. É cansada. Mas é tão vasta, tão desalentada e profunda... Eu vou ficar tão sozinho, querida..."

NOVE, NOVENA

OS CONFUNDIDOS

ᒪ— **E**stou cansada. Quase meia-noite.
— Continuo de férias, posso acordar tarde.
ᒪ— Mas eu, não. Afinal que importa? Suporto bem uma noite sem sono. Tenho passado outras.
— É uma alusão a mim?
ᒪ— Talvez.
— Não fiz censuras, perguntas, não disse nada. Desde o jantar que estamos calados.
ᒪ— Existe alguma coisa que fui condenada a ouvir hoje. Sinto isso no ar, nas mãos. Espero, ao menos, que o horror tenha início antes que clareie o dia. Amanhã é terça, dia de trabalho.

Um de nós levantou-se, ou irá ainda levantar-se, entreabrir a cortina, olhar a noite. O rumor dos veículos, continuado, ascenderá — ascendeu? — das avenidas, regirando na sala, sobre as aquarelas em seus finos caixilhos, sobre as poltronas de couro com almofadas vermelhas, em torno do abajur aceso. As estrelas vibrando, parecendo abaladas pelo rumor da cidade que não dorme. Estamos de mãos dadas, qual destas mãos arde? Olhamos a parede vazia.

— Hoje, sofri novamente um ataque. Prometi nunca mais tornar a fazer isso. Mas não posso cumprir, sim-

plesmente não posso. Veio com a mesma força de sempre. É abalador.
— Então não há remédio.
— Deve haver.
— Tenho de viver até quando nesta danação? Vou esperar até o fim da vida?
— É preciso compaixão.
— Novamente as palavras. Inúteis como sempre.
— Não são inúteis.
— Estou farta. Tínhamos passado três semanas sem essa coisa odiosa. Dias perfeitos.
— Manhãs, tardes e noites nós estávamos juntos. Eu não podia duvidar... de mim.
— Bastou eu me afastar algumas horas, para recomeçar outra vez. Então tudo que faço é o mesmo que olhar nos olhos de um cego?
— Quero explicar.
— Prefiro não ouvir.
— Tenho de ouvir.
— E por cima de tudo, ainda isto: uma ausência total de piedade. Admito que suspeite de mim, embora sem motivo. Mas por que confessar? É crueldade.
— Quero ser sincero.
— Desprezo até à náusea esse tipo de sinceridade. Enjoa-me. Sinceridade, como? Entrego-me. Confio. Sinto os abraços, beijos. E que existe por dentro dos afagos? Tenho os olhos fechados. Minha boca está na minha boca. E dois olhos sondam-me. Isto é ser sincero?
— Não suspeito de nada, quando nos amamos.
— Como posso saber? Como posso crer?
— Estou dizendo: não suspeito de nada. Alguma coisa, quando estamos juntos, me restitui a confiança. Acho que assim vai ser eternamente, que toda sombra acabou e que não voltará a existir, entre nós, maldade alguma. De repente, vejo-me sozinho. E recomeço.

— Por que não suspeitar quando estou presente? Posso estar aqui, comigo, nua e pensando noutro homem. Comparando em segredo o modo de abraçar-me. O jeito de...

— Melhor não prosseguir. Se destruo isto, esta segurança, a derradeira, a única, me resta o quê?

— Pouco se me dá. Para mim, nem essa, ao menos, existe. Principio também a duvidar de mim mesma, já não me conheço, não sei mais quem sou.

Quem, com gestos nervosos, abre a cigarreira dourada, bate com um golpe decidido e seco a tampa do isqueiro, depois de olhar a chama demoradamente? Um se levanta, anda, outro permanece sentado, depois este se ergue, atravessamos a sala, alguém volta a sentar-se, continuamos de pé, dorso contra dorso, juntos.

— Quando me vi sozinho, fui deitar-me. Comecei a pensar como estas semanas tinham-nos aproximado e que todos os mal-entendidos cessariam. Não havíamos tido apenas alguns momentos alegres e tranqüilos. Todos esses dias foram de alegria e paz. Revi-me na praia, minha despreocupação no mar, o corpo, as coxas, recordei o calor de nossas peles depois do meio-dia. Lamentei as desconfianças antigas e pensei que depois de oito anos conquistáramos alguma coisa buscada durante todo esse tempo. Então fui ao banheiro e vi: estava seco.

— Tomei banho. Foi talvez o tempo que está quente.

— Sim.

— E passei a flanela na banheira.

— Nunca fiz isso.

— É o que sempre faço.

— Digo que o tempo estava quente. E, logo em seguida, que a banheira está seca por causa da flanela que passei. Por que as duas versões? São estas mentiras que destroem.

— Não estou mentindo.
— Estou!
— Uma coisa não tem de excluir a outra. Tudo isso é absurdo.
— A toalha também estava seca. Disse a mim mesmo que não tinha importância. Mas neste momento, já começara a lembrar-me das recomendações que me fizera. Para não sair, aproveitar as últimas tardes de férias, ficar em casa preparando o trabalho sobre a correspondência de Lawrence.
— Foi um erro. Com determinadas pessoas, é impossível não errar. Erra-se sempre.
— Há partes de nós mesmos que não devem ser reveladas nunca. Mas é preciso que eu seja absolutamente sincero. Como Lawrence. Ele era sincero.
— Não sou Lawrence.
— O que senti, o que sinto, é igual ao que me sucedia quando era menino e ficava sozinho. Excitava-me com quê? Retratos de mulheres? Histórias licenciosas? Com a solidão. Insensivelmente, irresistivelmente, eu buscava em mim o prazer, um prazer aflito e imaturo. Para em seguida cair em depressão; e recomeçar tudo, assim que me visse outra vez só no quarto ou no banheiro. A solidão, para mim, era o mesmo que uma mulher nua. Agora, ela é como a presença de um rival.
— Não existe rival.
— Quando estamos juntos, é também assim que penso. Não há outro, nem houve nunca, ambos nos amamos. Mas se me vejo só!
— Tenho prazer em despertar compaixão.
— Mereço compaixão.
Dirigi-me ao quarto de dormir, permaneço na sala, com vagarosos gestos ponho o *négligé*, afago o rosto, a barba começa a apontar, volto para junto de mim, são leves meus passos, continuo sentado, não me levantei.

— É melhor acabar com tudo. Estou cansada.

— Pensei que a insistência para que eu passasse a tarde em casa era um ardil.

— Não insisti.

— Um ardil para que eu não saísse e não telefonasse. Por que não me banhara se havia tempo? Desejava ganhar alguns minutos, meia hora que fosse, chegar um pouco mais cedo a algum encontro ajustado há quinze dias, ou talvez combinado no hotel, num momento de ausência, talvez no cabeleireiro, ou na manicure, como se pode saber? Devo dizer que não telefonei.

— Não acredito. Houve um momento em que foram me chamar. Quando atendi, haviam desligado.

— Quem imagino que foi?

— Não faço idéia.

— Quem foi?

— Não sei. Sinceramente, não sei.

— Não telefonei. Mas vasculhei, uma por uma, todas suas bolsas. Dizia a mim mesmo que estava fazendo uma insensatez, que poderia encontrar algum papel do qual não fosse culpada, mas que parecesse acusador e que isto me destruiria, e que afinal seria inútil, pois não tenho coragem de deixá-la.

— Encontrei alguma coisa?

— Isto: um nome de homem. Este endereço. Quero saber quem é.

— Não me lembro.

— Empalideci.

— Quem não ficaria pálido? De cólera!

— Cólera por que, se eu é que sou o ofendido?

— Sou eu a ofendida.

— Quem é este?

— Ignoro. Talvez algum fabricante de calçados. Talvez seja algum cabeleireiro, recomendado por compa-

nheiras da repartição. A letra é minha. Mas não me lembro de haver escrito esse endereço. Talvez afinal um homem a quem eu ame e que me ofereça um pouco de paz. Que não me torture e que não se torture os dias todos da vida. Com esta fome de posse, de propriedade. Com estes laços, estas armadilhas, estas navalhas de suspeita. Eu queria morrer!
— Quem é o homem?
— Pelo amor de Deus! Não existe homem algum, homem nenhum, outro homem. Nenhum.
— E este nome? Preciso saber.
— Todo mundo encontra em seus papéis, de vez em quando, notas que não sabe para que tomou.
— Fazendo um esforço, termina-se por recordar.
— Uma vez que o louco é irredutível, não pode escapar à loucura e agir como os sãos, estes condescendem em agir como se fossem doidos. Não por deliberação. Insensivelmente e porque não pode ser de outro modo. É o mal de conviver com loucos. Pois esta é a miséria: estou fazendo o esforço que me peço, tentando recordar. Preciso sair disto. Preciso, de uma vez por todas, sair disto.
— Então por que não saio?
Levanto-me, os olhos pesam de sono, vou ao mictório, levo um tempo enorme comprimindo o botão niquelado, ouvindo o jato violento da água, sentindo prazer nisso, deito-me. Giro em torno do leito posto no meio do quarto. Giro, interminável giro, e este caminhar é o mesmo que beber, devagar, um vinho insinuante.
— Estou pensando em quando fiz a operação nos rins. Por que, sempre que há cenas assim, eles me doem? Fizeram-me um enxerto nos rins, com tecido cortado nos meus intestinos. E esperaram. Haviam feito o que tinham de fazer. O resto, não lhes competia, não podiam forçar o tecido a viver em sua nova função.

— Aonde quero chegar?

— Não sei. Estou buscando um sentido para esta lembrança. Meu corpo reagiu, fez com que o enxerto não morresse. Sobrevivi. Sobrevivi para quê? Posso saber?

— Tivemos, eu e eu, muitas horas felizes.

— Para o diabo com elas! Não quero horas felizes. Quero confiança e um pouco de respeito. Essas horas felizes vêm cheias de veneno.

— Tudo na vida tem seu lado mau.

— Aqui todos os lados são maus, mesmo os que parecem bons. Aqui é o inferno.

Alguém abre as cortinas, corre as vidraças, e tudo permanece como antes, aqui é o inferno, o ar petrificado betuma esta janela aberta, aqui é o inferno.

— É o inferno. Acho que as pessoas, às vezes, sem o saber, são lançadas em vida no inferno. Ficam girando em roda, passando eternamente sobre os mesmos pontos. Quero sair disto, não foi de modo algum para este sofrimento que meu corpo reagiu à morte. Mas como, se perdi a identidade e não sei mais quem sou? Somos como dois corpos enterrados juntos, roídos pela terra, os ossos misturados. Não sei mais quem sou.

— É porque nos amamos. Estamos confundidos, cada um é si próprio e também é o outro.

— Isso não é amor. Não se perde a identidade no amor. Mas no escritório, na vida coletiva; ou na demasiado solitária, por falta de pontos de referência. No amor, pelo contrário, devemos reencontrar nossa identidade perdida.

— Repito que, no amor, cada um é si próprio e é o outro.

— Está bem. Que encontrei ainda, hoje, em minha busca, *de si próprio e do outro?*

— Prefiro não falar. Isso passou.

— Agora já me embriaguei, aderi à loucura. Quero saber.

Giro em redor do leito no qual estou prostrada, respiramos com dificuldade, não com exaltação, mas fatigadamente. Gostaria de ignorar estes passos que me cercam, passam em torno de mim ataduras de aflição, terror e desamparo, desejaria sentar-me, ou deitar-me, desejaria ser o que desejo ser, estou prostrada, falta-me ânimo até de erguer a voz, pedir que cessem os passos.

— Levantei o colchão, para ver se encontrava algum outro papel, revolvi a cesta. Tentei escrever. Era impossível, a tentação de continuar a procura não me abandonava. Deixei de lado Lawrence e as suas cartas, pus-me a folhear nossos livros. A esmo, e em seguida de modo sistemático. As mãos frias. Dizia a mim mesmo que estava cumprindo um ato injusto, mas não me continha, ia buscando, era como se eu precisasse encontrar alguma coisa. Foi um acesso, um ataque.

— Achei alguma coisa?

— Pétalas secas de rosa. Seriam de alguma rosa oferecida por mim?

— Decerto.

— Eu não sabia. Olhava-as, como se pudesse existir, nas rosas ofertadas por outro, uma textura diferente. Havia um bilhete, sem o nome do destinatário. Igual a muitos outros que recebi ao longo destes anos, principalmente nos primeiros anos. Mas talvez aquele não fosse dirigido a mim. Por que estava ali?

— Quem pode saber? Toda essa busca é tão inútil! Para ter-se a verdade sobre alguém, seria preciso ver o seu espírito. E isto é impossível. Essas buscas, essa perseguição, essas inquietações...

— Quero amar de um modo simples, definitivo, seguro.

Este silêncio e o espaço entre nós. A voz que rompe o espaço e o silêncio, com dificuldade, lenta, articulando uma hipótese perturbadora. (O amor, talvez, é uma espécie de enxerto. Não nos rins. Em outra parte qualquer, talvez na alma, e cujo êxito não depende de nós. Por mais que desejemos salvá-la, pode apodrecer e envenenar-nos.) E novamente o silêncio, espesso, amortecedor, palha e serragem entre objetos de louça.

— Estarei então envenenado? Estaremos então envenenados?

— Não eu. Eu. Sim, pode ser que também eu esteja. Como posso saber, se não sei mais quem sou?

— É mais de meia-noite.

— Muito mais. Não tarda a amanhecer. Outro círculo. O sol é redondo. Redonda é a terra. Em torno da terra fazemos uma volta; e a terra outra volta em redor do sol. E nós giramos, giramos e voltamos sempre ao mesmo ponto.

CONTO BARROCO OU UNIDADE TRIPARTITA

Seu vestido é velho e suntuoso, de veludo, com desenhos a ouro sobre carmesim, pequenas cenas campestres e domésticas, universo alegre, movimentado, brilhante, envolvendo as negras ondulações do corpo. O sagüim, com a cintura numa fina corrente enferrujada, que ela mantém entre os dedos, olha-me atento por baixo da axila esquerda, as ressequidas mãos sobre as dançarinas que, em torno de uma árvore, pés no ar, tocam pandeiros e flautas, e sobre o caçador que dispara a balesta contra um pelicano em vôo.
— Conhece o homem?
— Que me acontece, se disser que não?
— Soube que você andou juntada com ele. Tiveram até um filho.
— Não quis ver o menino, o desgraçado. Nem uma vez.
Cabelos enroscados, olhos de amêndoa, pômulos redondos, narinas cavadas, beiços em arco, peitos de caracol. Por trás, na parede, gaiolas de pássaros, todos de perfil e em silêncio, canários, curió, graúna, casaca-de-couro, xexéu, papa-capim, sabiá, concriz, azulão, bigode, vários periquitos.

— Como é que posso reconhecê-lo? Ele e o primo são muito parecidos. Os dois se chamam José.
— O primo se chama José Pascásio. Ele, José Gervásio. Mas tem agora outro nome.
— Por que não quis ver o menino? Por que não se casou com você?
— Porque sou negra. Boa para me deitar com ele, mas não para ficar em pé.
— Importa-se que ele morra?
— Pra mim, era um descanso. Bem queria vê-lo numa cova.
— Então vai-me dizer onde ele mora. Astuta e fina a expressão de seu rosto. Breve cicatriz, dividindo o queixo ao meio. Ponho sobre a mesa o pequeno maço de cédulas. O sagüim precipita-se, agarra-o, tenta morder as bordas do dinheiro.
— Conte.
— Vi quanto é. Tenho o olho bom, conto as notas de longe.
— Não adianta pedir mais.
— Sabe com quantos homens preciso me deitar pra receber metade disso aí? Cidade para cachorros!
O sagüim olhando-me de sobre o ombro esquerdo; de sobre o direito; de sobre a mesa. Os pêlos brancos em torno da cabeça, as patas de múmia, os olhinhos brilhantes e maldosos. A voz semelhante a pequenas mordidas. Salta para uma das gaiolas e todos os pássaros voejam espavoridos.
— Por que não se muda?
— Quero viver perto de quem o senhor sabe.
— Então ele mora na cidade.
— Não, mas vem aqui toda semana. É pior do que este o lugar onde vive.
— Onde?

— Só lhe dou a pista se disser por que vai assassiná-lo.
— Vou executá-lo. Ignoro o motivo. Cumpro ordens.
— Guarde seu dinheiro. Amanhã é dia de ele vir. Se me resolver, lhe mostro a caça.

◘

Venci a escarpada ladeira de Congonhas, cheia de Cristos e apóstolos imóveis, de bodes inquietos, de cabras indiferentes, estou no adro, à roxa luz do poente, no meio dos profetas e dos poucos bichos — o leão dominado, a miúda baleia — fitando essas pesadas folhas de arenito com frases em latim, essas mãos desarmadas e cheias de poder, esses olhos vazios. A mulher, agora de vestido branco, meio oculta no manto de Naúm, espera por José Gervásio, que dentro em pouco chegará à igreja. Junto às alpercatas de Baruch, braços cruzados, observo a ladeira pela qual virá a minha vítima. Nada escuto. No silêncio, a traição se prepara, rede tecida pela mão da negra. Haverá de mostrar-me: "Este é o homem." Dar-lhe-ei a paga, poderá mudar-se.

Ou:

O enterro nas ruas de Ouro Preto. Coberto de fitas roxas, que ondulam ao vento frio da tarde o ataúde sombrio e prateado, com seus fusos, nigelas, gregas e colchetes, sobre a ladeira de pedras, entre as portas fechadas, balcões, telhados velhos. Abrem o cortejo duas filas compridas, homens à direita (eu entre eles), mulheres do outro lado, algumas com açucenas, outras com rosas, dálias, sempre-vivas. Mais para trás, as filas continuam com mulheres. Precedendo o caixão, não sei que irmandade: opas vermelhas e altos brandões; escoltando-o, dois casais de crianças, com buquês e coroas: cravos, lírios, flâmulas. Um padre calvo, a face enrugada, ladeado por três acólitos jovens, com tunicelas escarlates e alvas casulas rendadas, um deles agitando o turíbulo, reza. No grupo que encerra o cortejo, vamos lado a lado eu e a negra num vestido de algodão, com ondas verdes e azuis que se trespassam. Ela, com força, toma o braço de um homem, os dois se olham de face. Terminará afinal minha caçada, minha busca de meses, poderei voltar a Pernambuco. Guardo essas feições há tanto procuradas e que, de procuradas, haviam adquirido uma existência falsa, nascida dos retratos. Não chegaria a descobri-las sozinho. Dobram sinos. Grandes pavões negros voam sobre o enterro.

Ou:

Estou em Tiradentes, na igreja Matriz, na Prefeitura, na rua, no chafariz, de chapéu na cabeça. A igreja está cheia de escadas e andaimes, homens trabalham desvendando os acantos, as folhas, as folhagens, palmetas e grinaldas escondidas sob a caiação. Trabalhadores conversam, a metros um do outro, a respeito de um padre que odiava a cidade e que chegou a aspergir as imagens com sal, para estragar as pinturas. Na ladeira em frente, sob os verdes ciprestes, crianças atiram pedras nos pássaros. Os funcionários deslizam nas silenciosas salas da Prefeitura, cheias de leões pensativos decorando as paredes já sem brilho. Mesmo os soldados abrem e fecham as portas com cautela, somem nas sombras côncavas, sem arrogância. O delegado olha-me e concorda. Velhos sorrateiros perlongam com sapatos de feltro os corredores. O prefeito deposita a arrecadação no mealheiro de barro, peixe feroz e peludo, de cauda retorcida. Fechada a maioria das casas, quase todos os cães sucumbiram de fome ou emigraram. Não se ouvem latidos nem cantos de galo. Eretas nas janelas, às quais não se debruçam, moças de cabelos ondulados aguardam a passagem da morte, com as suas pupilas de sonâmbulas. Há um homem encostado na parede; sem prestar-lhe atenção, um pássaro cinzento executa sinuoso vôo e penetra num orifício a três palmos de sua testa, no qual certamente fez o ninho; também o homem ignora o pássaro. Sentados num banco junto ao chafariz, diz-me a negra que toda quinta-feira, a pretexto de negócios, José Gervásio vem às quatro horas ver uma mulher, volta no trem das oito. Acontece, porém, sendo impossível fazer essa visita, mandar José Pascásio trazer algum dinheiro. Pergunto-lhe se nas noites de lua os namorados vêm sentar-se nestes bancos, em torno da carranca. Responde que Tiradentes é uma cidade onde nem mesmo existem namorados. Trava-me o braço e olha por cima do meu ombro: "Vem aí o homem. Guarde a cara dele." Passo-lhe o dinheiro, afago meu revólver.

⋅

Nua, no leito, os joelhos redondos para cima, pernas abertas, o braço esquerdo em repouso ao lado dos quadris, a mão direita presa ao gradil recurvo da cama, a colcha de chitão com desenhos de papoulas, palmas entrançadas e grandes magnólias ocultando o sexo e subindo à altura do seu ombro direito, lembra, com o redondo umbigo e os ombros achatados, a atitude de um anjo que vi não me recordo onde, erguendo um cálice. Sobre a cômoda, num abajur cor de lôdo, firme entre as garras de um pequeno dragão, a lâmpada acesa azinhavra seu corpo. Junto do abajur, uma fruteira de plástico azulada, imitando vidro, com bananas, laranjas e dois limões quase brancos, brilhantes como ovos. Acima da cômoda, várias borboletas de asas abertas e besouros de cor, espetados num quadro. A casa é grande, paredes com decalques de tranças, dentículos, violetas pálidas e jambos descorados, chão de tijolos, alguns poucos móveis. Cheiro de bolor. A negra continua falando de José Gervásio, suga lentamente as palavras. Ratos correm no escuro, baratas esvoaçam. A luz projeta no forro cheio de carcoma um astro esburacado e limoso. Tão vazia é a casa, tão silente a cidade, que parece haver outra mulher falando noutro quarto, com a mesma voz escura e atravessada por baratas em vôo, ratos esqueléticos. Diz o que pretende fazer do dinheiro obtido com a sua indicação: comprar perfumes, aliança de ouro, uma coleção de borboletas, óculos pretos, pulseira de usar no tornozelo, faca de prata, costumes de veludo estampado. "Nada para a criança?" "Não." "Por quê?" "Porque não." "Onde está?" "Você, que não me conhece, pergunta pelo menino. Ele, que era o pai, nunca. Nem quis vê-lo. Apareceu quando eu estava com a barriga chegando no pescoço, quatro pedras na mão, querendo que eu sumisse. Ia casar, não me desejava por perto. Bati com um banco na cabeça dele, fiz um talho maior do que o meu. Deixei minha marca." "Ele agiu bem em não ver o filho." Sem ouvir-me (haverei mesmo externado tal juízo?) ela prossegue. Ou melhor: volta aos começos, aos meios, ao tortuoso giro de sua história, maldizendo os homens, um homem, esse Gervásio que ao mesmo tempo é ele e eu, e outros, fala do filho e dos homens, numa voz de sótão. Seu sexo, coberto de pêlo verde, espesso e brilhante como aço, agora está descoberto. Com o índice, risco lentamente uma espiral no seu ventre: "Também tenho um filho que não verei nunca." "E se soubesse que ele estava morrendo?" "Nem assim." "Então vocês são iguais. Ele não veio aqui, quando o menino morreu." Nua, sentada no leito, mostra-me o retrato do morto e suas roupas, fraldas, camisas de lã, sapatos de tricô, brinquedos, fitas, algumas rosas murchas. "Morreu quando?" "A semana passada, nesta cama. Amanhã vou comprar umas hortênsias, uns risos-de-maria, levar no cemitério. É por isso também que não quero sair desta cidade." "Você já estava aqui há tempo, quando o menino era vivo." "Queria fazer alguma coisa ruim com o pai. E isto já fiz, apontei pra ele com esta mão. Por que me olha assim? Acha que errei?" "Não julgo ninguém. Meu ofício é outro. Só comprei o que me interessava e você podia me vender." "O senhor não pode ser o que diz. Responda se eu errei." Guardou no gavetão da cômoda as lembranças do menino morto. Está de pé junto à cama, esverdeada, ante a claridade que o pequeno dragão sustenta com cuidado.

Então:

Estendendo a mão para a camisa, principio a vestir-me. Este arcabouço morno, oxidado, liso e exaltável, rompido entre nós algum vidro cujos estilhaços não vemos, torna-se ameaçador, vomita sobre mim sua flagelada intimidade, pede que eu julgue. E nem sequer poderei deitar-me com ela novamente, nesta cama que tresanda a alfazema e rosas podres.

— Vai embora por quê?
— Você agora existe. Infelizmente.
— Que foi que eu fiz de errado?
— Passou a ser. Não posso lhe explicar. Mas uma puta, uma vítima não podem existir. Se existem, abrem uma chaga no carrasco. Entende isto?
— Se quer, pode ir embora. Mas não venha com histórias.
— Vou embora porque já não posso estar em paz aqui.

Ou:

Em face do meu silêncio, concebe apenas um gesto: abrir novamente o gavetão onde pensa guardar um passado reduzido a pó e lançá-lo sobre mim, tentar contagiar-me com a sua doença, fazer-me participar daquele compromisso entre sua vida e um morto, deteriorar-me. Ameaçado pela invasão desses vestígios, que a mulher, em sua intuição, sabe passíveis de insinuar-se num estranho com a mesma voracidade e o mesmo poder de multiplicação das baratas e das ratazanas, apaguei o abajur e encontrando nas trevas a elástica resistência de seu corpo, deixei-me tombar com ela sobre o leito, onde morrera a criança e onde se mesclavam suas roupas, rosas fanadas e brinquedos inúteis. Na escuridão, impunha-se a presença destas coisas — todas sem dono, sem serventia — procurando carunchar-me como se eu as visse. A negra, cravando as unhas no meu dorso e gemendo como se tal pressão a magoasse, indagava ainda, sem resposta, se estava errada, se fizera mal em trair aquele homem cuja negligência fôra talvez responsável pela morte do bastardo sobre cujos despojos lutávamos. Eu descrevia entredentes, olhos fechados nas trevas, meu próprio ato, esforçando-me por destruir, ao mesmo tempo, as palavras escandidas e sua corrutora significação.

Ou:

Ponho entre os dentes a ponta da língua, fixo seus olhos com intensidade tal que os atravesso e deixo de vê-los. Sei que ela insiste em atrair-me para aquela armadilha com que os seres humanos, como aranhas, abocanham os que estão fora da teia. Borboletas, jambos descorados, papoulas, magnólias, violetas e tranças fecham-se em torno de mim. A mulher procura envolver-me no seu remorso e na sua nostalgia, talvez no seu amor em decomposição. Percebo que me chama de assassino. Engana-se, porém. Serei, quando muito, um carrasco, em todo caso nada mais que um funcionário exemplar. Para bem cumprir meu ofício, não discuto ordens, não as julgo, evito sopesá-las, bem como sopesar ou julgar meus semelhantes, apenas executo-as. Ao executante cabe imunizar-se contra a solerte e até perniciosa intromissão do humano, com sua ética reticente. Tenho de aferrar-me a alguma imagem neutra, um cubo por exemplo, até que esta mulher se exaura em suas tentativas de envolvimento e eu possa — com a mesma isenção — deixá-la para sempre ou deitar-me novamente com ela e possuí-la, talvez bater-lhe, porém sem cólera.

·

Fora, entre essas velhas casas enluaradas, através dessas ruas sinuosas, recordo-me da infância. Minha irmã, com suas tranças negras, tendo nos braços uma compoteira de vidro transbordando de cajus vermelhos e amarelos, está no quintal, escondida por trás de um rato negro. Um pavão branco, de cauda sangue e ouro, aproxima-se e engole as frutas ávido, ante minha irmã paralisada, deixando apenas a compoteira vazia. Volta-se o rato e num instante sorve minha irmã. Vota, porém, um grande amor ao pavão; deixa-o em paz. O pavão abre a cauda, apanha uma faca e caprichosamente sangra o rato, cortando-lhe o pescoço. Minha irmã sentada na sua cadeirinha, as tranças sobre o peito. Surge um cachorro, leva-a consigo e casa-se com ela. Faz um bolo de terra, enfeitando-o com rubis e ossos, para que minha irmã o coma. Ela se recusa, meu cunhado traga o bolo e o prato. Volta, para nossa casa, minha irmã. Tomamos café juntos. Arranco um pedaço de pão e levo-o à boca. Minha irmã aponta o pão no meio da mesa. *É um menininho! Você vai comê-lo?* Respondo que não é um menino, sim um escorpião. Nossos pratos e xícaras vivem transbordando de crianças, jacarés, lacraias, búfalos, cavalos, mães e flores, que devoramos sorrindo. Numa igreja qualquer, um sino bate. Não conto as pancadas e estou sem relógio. Ruas desertas. Ignoro onde fica a hospedaria, não tenho a quem pedir informações. A cidade, esfera armilar de silêncios, dissolvendo-se no ácido da lua.

⊡

"É o senhor que anda à procura do meu filho?" "Não." "Sou o pai dele." "Evidentemente." "Pensei que o senhor fosse mais velho." "Mais velho do que quem?" "Do que o senhor." "Não, sou da minha idade. Nem mais um dia." "Posso saber quantos anos?" "Vinte e dois. Não procuro um filho nem um pai. Procuro uma pessoa, ela mesma, sozinha, sem relação com ninguém." "Para matar?" "Isso não lhe interessa." "Como não interessa? Soube que o senhor quer assassinar meu filho." "Já lhe disse que não."

Visto de costas, o velho parece normal, com seu ar suplicante, as costas recurvas, um ombro mais alto que o outro; de frente, se apenas damos conta de sua presença, também nada oferece de notável. Observando-o com atenção, vemos que seus óculos escuros, talvez demasiado grandes para o rosto, têm uma finalidade suspeita: a de ocultar a inexistência do olho esquerdo, que não existe, jamais existiu, ele não tem órbita nem sobrancelha, por trás do vidro negro há um tecido que faz lembrar essas fotografias de mulheres nuas, das quais o negativo foi retocado no púbis, sendo esse um disfarce mais gritante que a franca reprodução do modelo. Em compensação, sob o olho direito posto no seu devido lugar, outro olho direito me contempla, frio, através da lente. Os dois olhos revezam-se, não piscam ao mesmo tempo. Sobre o tapete puído, onde se adivinham ainda três gazelas entre bordaduras, juncos e folhas digitadas, os pés do personagem, calçados em grosseiras botinas amarelas, vão e vem, como se estudassem um modo de assaltar-me.

— Meu filho chama-se José Gervásio. Estou certo de que o senhor veio aqui atrás dele, mas lhe peço por tudo que volte para a sua terra. Diga que não o encontrou, ou que ele já morreu.

— Uma obrigação é uma obrigação. Suma-se. Pela primeira vez fecharam-se os dois olhos. O velho tem as mãos estendidas para mim, à altura do meu ventre, as palmas para cima, trêmulas:

— Venho oferecer-me para morrer no lugar de meu filho. É uma súplica.

— Não posso escolher.

As mãos sustentam o gesto eficaz e tão fácil de implorar. A voz, ao contrário, assemelha-se tanto à que me suplicou quanto a mesma estrutura de alumínio antes e depois de uma forte explosão em suas bases. Penetram-me os dois olhos direitos, isto me desequilibra.

— Então, já que o senhor não quer atender ao meu pedido, vou à polícia.

— Inútil. Eu *sou* da polícia.

Ou:

Não me estende a mão. Fica de pé à soleira, sorumbático. Fecho a porta do quarto. Inclinando-se de leve, entrega-me o chapéu, o guarda-chuva, senta-se e fica em silêncio, chupando a língua. Tem um jeito assustado e submisso. Os sapatos negros, de velhos, tendem para o cinza. Lustra os óculos na ponta da gravata, com sombrias ramagens e madressilvas sanguíneas.

— Meu verdadeiro nome não é José Gervásio.

— Sei. É Artur. Foi difícil encontrá-lo.

— E agora, que me encontrou... Sou diferente dos outros. Não fujo dos que me perseguem. Soube que o senhor andava no meu rastro? Pois bem: vim vê-lo.

— É a primeira vez que faz isso. Até hoje tem sido um mestre em fugir.

— Que deseja de mim?
— O senhor verá.
— Matar-me? É isto? Certamente. Em toda minha vida, tenho sido isto: o que é sacrificado. O imolado.

Mostra-me a fotografia, numa delgada moldura de estrelas e imbricados. Ele em calção de banho, cabelo à nazarena, barba crescida, pés e pulsos amarrados de corda, numa cruz. Sua mãe de joelhos, mãos postas, olhando para o céu. Mais para trás, um ancião de óculos escuros. Era verdade então o que soubemos, que este homem andava pelo interior da Bahia, na zona do São Francisco, com o pai e a mãe, levando a cruz nas costas de um jumento e fazendo crucificar-se. Punha um saco de vaqueta ao pé do madeiro, as pessoas vinham, traziam esmolas, rezavam. Os pais exploravam-no, iam de trem ou de ônibus para as cidades, enquanto ele seguia a pé, com o jumento e a cruz.

— Vou contar ao senhor uma coisa horrível que ainda hoje me dói. Já ouviu falar em Sento Sé? Não fica longe de Juazeiro. Estava nessa cruz há mais de vinte e quatro horas, quase sem comer. Houve cidades onde o que me deram não chegou nem para alimentar o jumento. Mas em Sento Sé foi uma glória. Assim... (Indica as paredes do quarto, onde a pintura a óleo, já em ruínas, representava outrora abacaxis, laços de fita e mangas-rosas.) Uma fartura. Havia até cédulas de mil no bisaco. Pois quando anoiteceu e o povo foi dormir, meu pai e minha mãe fugiram com o dinheiro. Eu gritava da cruz, pedia pelo amor de Deus que não me abandonassem. *Meus pais, meus pais, por que vocês me desampararam?* Fugiram no jumento e nem olharam para trás. Nenhum sacrifício me surpreende.

— O senhor parece grato a esses velhos.
— Não sou grato. Perdoei-os, como perdôo tudo.

Como todos deviam perdoar. E, ao mesmo tempo, me vingo. Vou para toda parte no meu carro, enquanto os dois andam a pé. Que quer de mim?
— O senhor mesmo disse, há pouco. Vou matá-lo.

Estava mais uma vez limpando os óculos. Detém-se e olha-me perplexo, como se na verdade eu já o houvesse varado com uma bala ou retirado a faca da bainha. "Não lhe fiz nenhum mal." "Não." "Então?! Qual foi meu crime?" "Ignoro." "Hei de morrer por quê?" "Pouco me interessa."
— O senhor não é capaz... de perdoar.
— Perdoar?... Sou um mandatário fiel e tenciono matá-lo numa dessas noites, quando o senhor voltar da visita que faz diariamente à sua mãe.
— Posso ir a polícia.
— Não irá. Há anos que está fugindo da Lei.

Isto esclarecido, ficamos em silêncio o tempo indispensável entre o que foi dito e a frase que ele decide arriscar, a modo de ameaça, hesitando a cada sílaba:
— E se eu matá-lo primeiro?
— Será um dos dois únicos modos de escapar.
— Qual o outro?

Escrevo num papel, em números que possa ler mesmo sem óculos, a importância, exatamente a mesma, paga na antevéspera à negra, para que o apontasse. Pôs sobre a mesa todo o dinheiro que encontrou nos bolsos e um anel. Devolvi-lhe o anel, guardei o resto.
— Diga, na portaria, que me mandem a conta. Que vou embora.

Da janela, vejo-o quando sobe no carro, uma aranha frágil, rodas de ferro, conduzida por um triste alazão de orelhas rombas. Bate no cavalo, vai-se, não olha para cima.

Ou:

Não esperava esta visita da negra, não me lembro de haver-lhe fornecido qualquer indicação sobre onde iria hospedar-me, também não creio ter revelado meu nome, e mesmo assim acho natural que esteja aqui, com sapatos, roupa e bolsa novos, exalando um perfume com que se aspergiu sem parcimônia, talvez *Fleur de Rocaille*, e que não deve ser freqüente nesta pequena sala bolorenta. O vestido (girassóis sobre campo azul-marinho) casa bem com a sarja do sofá, cor de milho maduro, com relevos gastos de coroas, cetros e flores-de-lis. Desde o primeiro instante, sei que lastima a decisão de ter vindo e reflete sobre a conveniência de revelar-me ou não os motivos que a fizeram vir. Enquanto delibera, imita com visível esforço as conversações e a postura de um visitante qualquer, censurando por exemplo a separação de sexos ainda vigente em alguns templos mineiros, ou questionando a respeito de países onde, segundo lhe disseram, negro não é gente, forçando meu parecer, que assim resumo: "Cada terra tem seu uso. Criticá-los não é lícito." Alude sorrindo às flores postas no túmulo do filho e a dois cortes de seda adquiridos na véspera, um com estampado de pássaros, outro com desenhos de folhas. Ao passo que discorre, a deliberação chega a seu termo e ela me confessa o que já pressenti. Falou a meu respeito com José Gervásio, entrando assim mais e mais num jogo insustentável, feito de traições, e de confissões de deslealdades, que por sua vez são novas perfídias logo declaradas. Escuto-a sem mover-me, recordando as glaucas ondulações de seu corpo, certo de que irá perguntar-me se agiu mal, se é perdoável o que fez, como se estas indagações e as respostas que causam pudessem alterar a natureza e as conseqüências dos atos.

— Nada a impedia de ter ido falar com José

Gervásio. Fiz mal em não mencionar o silêncio em nosso acordo. Ele retribuiu de algum modo sua informação?

— Disse que já sabia e que não tinha importância. Como é que ele podia saber?

— Pago-lhe o mesmo que já paguei. Você volta a ele e diz que hoje mesmo fui embora. Que você conseguiu isto. Mas agora sua fidelidade faz parte do ajuste. Exijo apenas dois dias de franqueza. Amanhã, quando ele voltar da visita à mulher a quem chama de mãe, eu o executo. Dois dias apenas. Não é muito. Pago metade agora e metade depois.

·

Houve, antes do sonho, ou antes do trecho claramente lembrado, uma parte monótona e bastante longa, na qual se evidenciavam minha natureza servil e o despotismo do amo a quem servia. A partir do instante em que me ordena ir ao povoado, visitar alguém ou levar quem sabe que mensagem a um senhor ainda mais poderoso, os acontecimentos se ligam e cobram força. Numa carroça negra, puxada por dois cavalos, eu fazia a volta dentro do pátio revestido de lajes, atropelando galinhas, porcos, marrecos e perus. Tinha o chapéu na mão e recebia ordens, olhos baixos. Dada a partida, com uma chicotada alta, ouço a voz do patrão, autoritária, chamando-me. O barulho do carro e dos cavalos me permite, sem medo de castigo, fazer ouvidos de mercador. Por isso, estalo o chicote com desenvoltura, esbravejando entre dentes, presa de uma ira que me invade aos arrancos. A voz, desesperada, chama-me outra vez. Abafando-a no ar, grito para os cavalos e bêbado de cólera imprimo rapidez ao carro, sobre o caminho que não tem segredos para mim. Percebo, sem voltar-me, que o amo vem no meu encalço. Finjo ignorar sua perseguição, ponho-me a gritar, a cantar e a bater de rijo nos cavalos: avançam mais depressa, esticando os pescoços. Gatos, cachorros, coelhos e carneiros espremem-se entre as rodas da carroça, o vento arrebatou meu chapéu. Abre-se a boca do túnel onde haveremos ambos de passar. Prendo o cabo do chicote nos dentes e sustento as rédeas com malícia, para atenuar o galope e fazer com que o patrão me alcance... Em plena treva, os dois carros seguiram em desfilada, um junto do outro, firmes. As patas dos cavalos estrondavam, nenhum de nós tugia nem mugia, sufocava-me o cheiro de couro e de suor. Apesar do escuro, via as paredes do túnel pintadas de vermelho: bois e onças, gaviões, serpentes e jumentos, pelicanos, pavões, corças, dragões, cágados, leões e elefantes, todos parecendo voar feito morcegos em direção oposta à que eu seguia. De súbito, pensei: "Agora!" Fiz a manobra, jogando minha carroça contra a carroça do amo, prensando-a contra os rubros animais do túnel, ao mesmo tempo que brandia o chicote em todos os sentidos, gritando como um doido: "Toma, toma, toma!" O patrão praguejava, sufocado. Agarrei-o, senti entre meus dedos o áspero de seu pescoço, o latejo do sangue, o brado estrangulado. "Toma!" Empurrei-o. Exalou, na queda, um cheiro de cabelos queimados. Recebi com júbilo feroz o grito de agonia entre as rodas e os cascos velozes, fiz zunir o chicote. Fustigavam os cavalos, mais do que o chicote, minhas risadas e uma nuvem de mutucas. Entro na casa à qual fui enviado. Quase ao mesmo tempo, muito pálido, chega meu patrão e se dirige a mim: "Que empregado nós temos!" Pergunto-lhe, humilde como de costume: "Que fiz eu?" O visitado, ouvindo-me, interfere: "Teu dono quer implicar contigo. Pela tua voz se vê que não fizeste nada. Vai, senta-te aí." Sentei-me, abri um livro e pus-me a dissertar, solícito, sobre os arabescos, festões, bordaduras, conchas e volutas que o ilustravam. Declarava-me inferior a todos os enigmas e me desculpava por ter o dom de penetrá-los.

⋅

Espessas nuvens, a lua escondida. Presto atenção ao silêncio, que dentro em pouco romperei a tiros. Imagino-o: grande peça de vidro, molde noturno das ruas sinuosas, das ladeiras, das igrejas vazias, das casas com beirais. Os corpos abrigados sob cobertores. Cautelosamente, percevejos surgem, deslizam pelas camas, disputam com os mosquitos o sangue das pessoas; nos telhados e nas esquadrias, sob os móveis, aranhas cospem seus fios; cupins furam a madeira, gorgulhos furam grãos nos armazéns, besouros voam tontos batendo nos muros, voam mariposas em redor das lâmpadas, escorpiões, formigas, centopéias, grilos e baratas fervilham pela terra, ágeis gafanhotos comem as folhas das árvores, carrapatos e moscas aferroam o couro dos cavalos, dos bodes e dos bois. Concentro-me no peso do revólver sobre o ilíaco. Tudo tem de ser rápido e neutro, para que o ato a ser cumprido não perca seu caráter impessoal. A execução deve ser como aplicar o carimbo sob um texto para assinatura. Um pouco mais cedo do que supunha (não ouvi badalar as dez e meia) ouço ainda longe as ferraduras e o atrito de rodas sobre as pedras, espantando as rãs e os sapos que saltam de um lado para outro da rua. Mentalmente, vou medindo o espaço entre mim e o rumor, achando alguma beleza nesta convergência, neste homem que se dirige para o seu algoz com tanta precisão e segurança. Bala na agulha, calculo as distâncias: é preciso que os tiros sejam desfechados sem possibilidade de erro e, ao mesmo tempo, que o executado não me veja antes. Poderia açoitar o cavalo e esquivar-se às balas. A aranha está na rua. Sob a pequena capota, na mira do meu revólver, o vulto segura as rédeas. Pára, risca um fósforo. Viso a cabeça, creio haver realizado bem minha tarefa: o fósforo apagou-se, o vulto se debruça, vai caindo aos poucos, suas pernas ficam embaraçadas no estribo do carro. O cavalo permanece imóvel, todos os insetos impassíveis e nenhuma porta se entreabre, janela alguma. Vejo que matei a negra, sempre hesitante em suas opções, vítima da indefinição que em si mesma era um erro e que também me induziu a este engano.

Ou:

Estrelas e luar clareiam a lâmina da faca. Ouço, no silêncio, estalarem as juntas da cidade e o avanço da ruína sobre as paredes de duzentos anos, sobre as vigas e traves, sobre as cores dos santos e seus corpos, sobre os coros, talhas, dourações, altares e molduras, sobre as janelas, os forros, as cadeiras, as camas, as gavetas, cruzes, oratórios, a ruína com seus cogumelos, seus bichos, as unhas amoladas, a língua corrosiva. Faca, de repente, me parece tudo: a letra e o borrão, o pássaro e o tiro, a convivência e a distância, construir, demolir, nascer, viver, morrer. Escondo a lâmina em sua bainha. Ante mim, a menos de dois metros, eu próprio me pergunto: "Estou certo?" Respondo: "Estou?" Antes que nos ocorra a qual de nós compete propor indagações e a qual resolvê-las, escutamos o trote do cavalo, as rodas leves da aranha girando sobre o calçamento, ao mesmo tempo que os sinos das igrejas batem uma pancada e ambos nos afastamos, eu à direita da rua, eu à esquerda, eu hesitante, eu decidido, à espera do condenado. Vem o cavalo, que é negro — e claro de luar — arrastando a aranha com seu dono. Abrigando-me na sombra, fico imóvel, olhando o animal, o carro e o homem; eu, porém, avanço e antes que o cavalo, chicoteado, ponha-se a galope, salto dentro da aranha e cumpro meu dever. Da rua, a arma inútil na mão, vejo o triste veículo afastar-se, escuto um grito abafado por entre o barulho das rodas e das ferraduras, vejo quando salto, salto e volto para mim, enquanto a aranha desfila pelas ruas, com seu passageiro esfaqueado.

Ou:

Não sei por que me acompanha este cachorro hirsuto, de patas descomunais, tão semelhante ao leão que se enrosca nos pés de Daniel. Esperava-me à saída e marchou à minha frente, eu à sua frente, pelas ruas desertas e claras de luar. Por que, nas noites de lua, recordo minha irmã e suas tranças negras? O Macaco subia numa bananeira, com o cesto pesado de jabuticabas, sapotis e pitombas, que engolia. Minha irmã lhe deu uma paulada. O Macaco fugiu e comeu ainda um maracujá, groselhas, uma graviola, pitangas, mangas, ingás, pinhas, goiabas. Veio a Formiga e comeu o Macaco. Veio também a Lebre e outra vez comeu o Macaco. Então eu e minha irmã saímos de braços com ele, entramos numa jaqueira, fomos rodeados por cachorros brancos. Agora vejo cães nas estrelas. Esqueletos de cão, orelhas caninas, couros de cão abertos, cadelas e cachorros, mandíbulas de cão, cães alados, com crinas onduladas, caudas ondulantes, chifres e coroas. Galopam com patas grossas, iguais à deste cachorro, ganem, e mesmo os couros sem cão, as ossadas sem couro correm no alto, a cidade inteira vibra sob o galope. No silêncio total, escuto os vagarosos passos do cavalo, as rodas de ferro, os passos do cavalo. O cão afasta-se, vai ao encontro da aranha. Esta foi detida no começo da rua, alguém desceu e vem para mim. Tiro o revólver, aponto o coração. *Não permitir o mínimo diálogo. Eliminar depressa a vítima. Não consentir-lhe, em nenhuma hipótese, romper a distância que me resguarda de suas artimanhas.* Baixo a arma: não é quem procuro.

— Vim no lugar dele. Me deixe morrer no lugar de meu filho.

O cão, sentado, contempla-me. O cavalo desiste de esperar, vem arrastando a aranha, detém-se a nosso lado. Pensa o velho atrair-me a um jogo atribulado e difícil, cheio de perguntas, de pesos, de ponderações, introduzir em meu límpido rigor a incerteza, o vácuo e o desequilíbrio. Sem responder-lhe, detono a arma, arranco-lhe os miolos. O cavalo parte em disparada, arrastando a velha carruagem, o cão põe-se a latir. Examino, ao luar, o velho sobre o passeio: parece agora olhar-me com três olhos. O cachorro fareja-o.

PENTÁGONO DE HAHN

Em diferentes cidades, eu aqui em Goiana, eu na Vitória, assistimos o número de Hahn, e essas duas vezes foram, são idênticas, tudo se cumprindo com uma regularidade polida nos ensaios. Tinha, sempre tive, predileção por essa espécie de animais; embora já contasse quarenta e cinco anos, vibrava ainda ao vê-los. Fascinava-me aquele ser informe, gravado nas cavernas quando nosso destino de homens não se fixara, cunho de moedas, transporte de reis, montaria de deuses, ele próprio reverenciado e apontado como o bicho que suporta o mundo sobre o dorso. Além disto, sabê-los raça tendente a desaparecer, impressionava-me, talvez por ser celibatário. Senhorita Hahn entrava ao som da Marcha Triunfal, da Aída.

Tapete carmesim na testa, tapetes persas no lombo, aparecia, surge, orelhas abanando, as presas faiscantes sob as lâmpadas; dançava, dança, com seu domador, com o grande general, uma valsa, trechos do Danúbio Azul; juntava, junta unia as patas sobre dois tambores coloridos, erguendo a tromba e girando lentamente, com extremo cuidado, naquele reduzido pedestal, onde bebia, onde bebe onde tomava um copo de cerveja; ofertava, entrega, oferecia, a alguém sentado na primeira fila, ¶ um ramalhete de dálias, | três rosas amarelas; ¶ partia, | vai-se, ¶ desaparecia, ¶ pisando o chão com brandura; ¶ tinha-se | tenho ¶ a impressão de que, encontrando um ovo no caminho, ¶ ficaria, | ficará ¶ ficaria ¶, no ar, suspensa, para não quebrá-lo. | Em meu pesadelo, abro a janela: todo o espaço entre as esquadrias é ocupado por uma barreira parda, rugosa e ondulante. Muro levantado em segredo, dissolvendo-se, ameaçando invadir o peitoril, a sala, soterrar-me? Brado: "Hahn!" Adélia ouve meus gritos, toma-me nos braços.

|| Ocupada com o velho nosso irmão, o padre, que nesse tempo não passava bem, soube do número por intermédio de Nassi Latif. Nem sequer cheguei a ver a elefanta, embora a casa onde moramos fique por assim dizer no mesmo pátio onde ela passava tardes e manhãs; era tão perto que eu e minha irmã, o dia inteiro, ouvíamos seus gritos. No princípio andei chamando Helônia para ir vê-la, depois de arrumarmos a casa. Desde muito não saía comigo, dizia ser ridículo duas anciãs na rua, passeando juntas, no que é possível lhe coubesse razão, porém não muita. Éramos tão velhas? Ela não tinha setenta, eu mal passara dos sessenta e três. Há gente que se casa nessa idade e ela mesmo contava desposar Nassi. Nassi Latif ia ao Circo — não sei como obtinha dinheiro para isto — e no dia seguinte aparecia, doido como sempre, relatando as mesmas coisas em grandes pormenores, como se não as houvesse contado muitas outras vezes, à minha irmã e a mim. Helônia, embora negasse tinha adoração por ele: ficava junto, escutando-o, fazendo perguntas, comendo-o nos olhos. Por compaixão, dizia. Eu saía de perto, ia ver o doente. Este sim era um velho. Surdo, quase cego, nem sequer ouvia os gritos da elefanta (que Deus o tenha em Sua santa glória) e é difícil imaginar o que seria dele, não tivesse os cuidados de

irmãs como nós duas, ainda moças e capazes de tudo para lhe ser úteis. Quando Latif ia embora (Helônia dava-lhe adeuses ao portão) começava o debate. Minha irmã, por mais que eu lhe abrisse os olhos, não queria entender que essas visitas diárias recomendavam mal: Nassi Latif não era criança, e sim homem com trinta e tantos anos, irresponsável, vadio, meio louco, podendo muito bem comprometer-nos, a nós, pobres mulheres, cujos únicos bens eram nosso irmão padre, o nome de família, nossa reputação e nossa virgindade, estas valiosas em si mesmas e principalmente pelo zelo com que, ao longo de mais de meio século, as havíamos guardado.

⚗ Erguendo quanto posso o busto e meu sobrinho (tem seis anos, cinco anos mais novo que meus seios), eis-me em presença de Hahn, vestido marrom-claro, olhando seus mamilos, pequenos como os olhos de pestanas claras, lacrimosos, borboletas pardas, roídas — não mortas — de traças e formigas. Começou a noite no bojo da elefanta. Os que a rodeamos, oferecendo-lhe torrões de sal, confeitos, caramelos, cana-de-açúcar e pedaços de anil, breve deixaremos o pátio agora ensolarado, iremos para nossas casas. Fosse a tarde maior! Ficasse eu mais tempo entre os colegiais, vissem-me todos nesse meu vestido. Não por ser novo; mas porque, não sendo loura e bonita como Patricia Lane, Marjorie Reynolds ou Carole Lombard, meus clarins são os peitos — grandes, firmes — e a blusa realça-os. É o início de acontecimentos graves em minha vida apagada. Ignoro vou sendo conduzida, e só, pela corrente (meu sobrinho não foi precipitado nessas águas) e olho para Hahn. Sua alegria ultrapassa o festivo círculo composto de estudantes, velhos, donas de casa, pequenos mercadores, espraia-se no pátio ensolarado, como se não fosse ela um bicho lerdo e pouco ruidoso, mas banda de música, ou exibição de fogos de artifício. As imensas orelhas, semelhantes a velhos trapos sujos, rajadas de amarelo ouro, branco encardido e rosa desmaiado — buquês de flores murchas, de podridão e pó — agitam-se por sobre a multidão, fazem-me pensar em flâmulas, penachos, fitas e bandeiras. Tem seu couro uma sombria cor de ferro velho; provocados não sei por que jogos de luz, emite reflexos glaucos, como de mar. Só então vejo os olhos de Bartolomeu, também lacrimejantes, mas azuis, e penso que são eles a fonte dos inexplicáveis tons marinhos que adoçam o lombo da elefanta, e eu própria me sinto, por um segundo, banhada de azul. Terá, no máximo, doze ou treze anos. Não me enganam a perplexidade e o deslumbramento, e a dúvida, ante esse primeiro olhar. Em estatura, nos equiparamos.

○ Faz quase dois meses que não venho à cidade. Levado pelo súbito desejo de rever — o que não sucede há anos — abertas as lojas e mercearias, o salão de barbeiro que freqüentei em minha adolescência e os estudantes sobraçando livros, rumo ao colégio onde estudei, coisas que desde muito não vejo, pois só visito a cidade nos domingos (e também, é possível, receando passar — amanhã será feriado no Recife — o domingo e a segunda-feira em casa, sofrendo esta presença desagradável entre todas, alguém a quem deixamos de amar), parti depois do almoço, beijando rapidamente minha esposa na face, uma vez que, embora cientes da distância interposta, mais e sempre, entre nós, conservamos ainda esses pequenos ritos mortos, profundamente aflitivos. Se houvesse deixado para vir de trem, não veria a elefanta: o trajeto entre a estação e a casa de minha avó não abrange o Pátio da Matriz; de ônibus, porém, desço em frente ao circo. Vejo, portanto, Senhorita Hahn, a uma da tarde, abrigada sob o toldo, semelhante a esses potentados do Oriente que presenciamos no cinema, rodeados de sol, parecendo, entre coxins, uns privilegiados, tão orgulhosos do seu quadrado de sombra, como de seus punhais e de suas frescas esmeraldas. Um velho contempla-a. Estão os dois sozinhos, sozinhos à sombra, cercados pelo escaldante silêncio e Hahn tem no ar uma das patas; executa interminável dança, num vaivém a que seu próprio peso, sua vastidão, imprimem graça, um ritmo solene. É um exemplar asiático: tem cinco unhas nas patas dianteiras, quatro nas outras. A extremidade da cauda evoca a pena de um pavão. Perguntou-me o velho se não acho cruel prender o animal, isolá-lo de seus companheiros, amestrá-lo com banhos, cânticos, agrados enganosos, gritos, tudo por dinheiro. Sorri sem responder. Como poderia concordar, se acho que palavras não domadas, soltas no limbo, sós ou em bando, em estada selvagem, são potestades inúteis? Num gesto onduloso, Hahn alongou a tromba; sopra-me entre os dedos.

¶ No escritório, mais frígido e vazio que a minha existência de celibatário, não conseguia esquecer-me de Senhorita Hahn. Tenho dois irmãos bem diferentes e sou talvez a fusão, o meio-termo entre eles. O mais velho, Oséas, possuía uma boa loja de sapatos, da qual o outro, Armando, fizera-se sócio. Nessa qualidade lá aparecia duas ou três vezes por semana, esgueirava-se entre as prateleiras ou ficava à porta, olhos etéreos, sempre de branco, mãos nos bolsos das calças, e a partir de certa época nos do paletó, por ser assim que fazia George Raft, em um de seus filmes. De repente, sem despedir-se de Oséas, o andar comedido, tomava a direção de casa, passava pelo meu escritório sem voltar a cabeça, retomava tintas e pincéis, isolava-se no seu ateliê, pintando santos, paisagens escandinavas e animais nunca vistos: hipopótamos, garças, baleias, tubarões. Oséas, com vinte e poucos anos, escolheu mulher. Sem grandes exigências, atentando apenas para os dentes (reflexo infalível, para ele, de boa ou má saúde) e para a finura das pernas. Achava que mulher de pernas grossas tende a ser preguiçosa. Gostava de pescar, comia bem e muito, bebia ainda mais, tinha sempre em casa muitas dúzias de vinho, não lhe importando marcas nem origem. "Tudo é vinho!" Detestava a tristeza, só indo a cinema para ver filmes de títulos amenos: *Viva a Marinha*, *A Filha do Capitão*, *Deliciosa*, *A Mocidade Manda*. Este o ponto fraco, na construção saudável que afetava ser, a nota falsa que o identificava: meu irmão, um amedrontado como nós, olhando para a vida de través. Não pode o homem dizer-se corajoso, ávido pelas coisas do mundo, se não é capaz de olhar de frente, seja onde for, as representações do terrível. Não tolerava que mulheres da vida (freqüentava-as mesmo depois de casado) lhe falassem das próprias atribulações. "Rapariga já nasce rapariga. Não tem uma que preste." Foi a criatura menos propensa a sutilezas que já conheci. Sem haver cultivado essa virtude, sem absolutamente possuí-la, enredei minha vida em distinções e minúcias, nem cego bastante para triturar o que me apetecesse, nem bastante louco para integrar-me num sonho e dele fazer parte. Se as moças da cidade não me pareciam romanescas a ponto de exaltar em mim uma paixão, e se jamais concebi um casamento não magnificado pela exaltação ainda que ilusória dos sentidos e da alma, as ligações casuais repugnavam-me. Sobrava-me também o senso do real, impedindo-me de transcender pela imaginação o trivial e o mesquinho, bem como de segregar um ser inexistente, tirar à maneira de Adão uma mulher de minhas próprias entranhas, sem mácula, perfeita, invulnerável — e amar, com um amor real, essa personagem imaginária. Assim, quase todas as noites, livre do escritório, punha-me a vagar sozinho pelas ruas, já não sabendo mais (quantos?) havia quantos anos sentira contra o meu corpo um corpo de mulher, pensando em ir embora da cidade, sabendo que jamais o faria, desejando o impossível e súbito aparecimento, numa daquelas ruas afastadas e como que envolvidas em sua própria miséria, da mulher que viria em meu socorro, libertando por um dia que fosse, de sua solidão, este meu ser repassado de um silêncio como o dos pátios na madrugada.

|| Era também muita — em minha irmã, em nosso irmão o padre, em mim —, a solidão. Posso afirmar que nem todos os santos foram tão virtuosos quanto ele. Talvez por isso mesmo, embora houvesse exercido na cidade, durante trinta e nove anos, seu sacerdócio, batizando, celebrando casamentos, encomendando mortos e organizando procissões, quase ninguém o visitava. Compreensível que, embora receando as conseqüências das visitas diárias de Nassi, e não simpatizando muito com seus modos, eu as desejasse, sentindo-me inquieta se por acaso ele demorava a aparecer. Explicável também que, duas semanas após a elefanta haver chegado, eu, de tanto ouvir falar nos seus modos, sentisse, quando soava na ar sua trombeta, um sentimento raro, uma alegria. Tinha a impressão de que ela me chamava; dei de responder àqueles gritos, sentindo-me culpada se não o fazia.

↙ A sacristia com as luzes apagadas. O padre no altar-mor, os dois acólitos, velas acesas, ouros das imagens, alvos panos bordados, o tapete vermelho. O hino sacro, cantado em latim. A velha serafina. Pela janela escancarada sobre o quintal com mangueiras, entra o luar; reflete-se no piso de mosaico, ilumina os bancos de madeira escura. Bartolomeu junto a mim, ereto, as mãos nos bolsos. Cinco dias passaram-se, antes que tivesse coragem de falar-me. Hoje, seguiu-me resoluto, graduando o passo, um pouco mais rápido ou maior que o meu. Deixei-o aproximar-se. Avancei mais depressa quando o senti na vertente da decisão pela qual eu ansiava. Entramos na igreja quase ao mesmo tempo e adivinhei — mais que ouvi — sua voz estrangulada, perguntando se podíamos falar. Sem olhá-lo, também eu perturbada embora a contragosto, respondi que sim. O hino, a voz do padre, o som da campainha, luar na sacristia. Estou um pouco à frente de Bartolomeu; a intervalos, olho-o. Responde com seu modo retraído e fino de sorrir. Sei: o espírito dele não está vazio. E tenho, desde este primeiro contato, o pressentimento de que alguma coisa diversa do comum me está guardada. Em seu corpo frágil (dá-me a impressão quase obsessiva de algum raro instrumento de relojoaria), que se constrói em segredo? É como perscrutar, nas trevas, um trecho de terreno onde vagos movimentos nos indicam uma articulação de intenções, um assalto, uma fuga, uma conspiração, algo cuja natureza e fim desconhecemos. Esta criança me assusta.

⊖ A casa de minha avó, porta e janela, cinco metros de frente. A divisão dos cômodos, obedecendo ao plano que desenhistas e construtores locais há decênios copiam — sala de frente, corredor perlongando os quartos de dormir, sala de jantar, cozinha, sanitário, quintal — dá-lhe um ar de habitação antiga. Foi edificada há menos de oito anos e seu material é mais ordinário que o das casas velhas. Nada de pedra, nada de azulejo, de pinha no beiral, nada de cedro ou de grades de metal. Nem mesmo é alta. À direita, num chalé com oitões livres, mora a filha casada, a quem diariamente visita e que, pouco amiga de passeios, tem nesse ritual, sempre retribuído, sua distração. Portas fechadas, todos fazem a sesta. Empurrei o portãozinho do chalé, atravessei o alpendre. Minha avó deixou, na sua casa, a porta da cozinha aberta. Devido a uma irregularidade do terreno, a outra face do muro, no seu quintal, tem menos altura. Apanhei uma escada (nenhum oriental ousaria chegar por esse meio vulgar ao dorso dum elefante), escalei o muro sem dificuldade, estou no interior silencioso e limpo, entre o guarda-louça, as cadeiras com assento de palhinha e a mesa nua, quadrada, tudo de madeira branca. A presença de minha avó abrange o cheiro das coisas. Entre o pátio e esta sala de jantar, vou esmagando nos dedos, como se fosse areia quente e úmida, o sopro da elefanta. Apercebo-me, pela primeira vez, do quanto minha vida se tornou estéril e quão hostil é o meio onde flui a mor parte dos meus dias. Um monstro, ao sol e no silêncio; um paquiderme, não de grandeza, mas de aridez e pobreza interior; com a agravante de que tudo em mim é secreto, não provocando, ainda que acidentalmente, o interesse alheio; com a atenuante de não ser mudo, mas dispor da palavra, instrumento que manejo mal, podendo amestrar-me, para consignar, se não o meu exílio, minha constância no sentido de rompê-lo. Aqui, entre esses móveis, descubro que rever a cidade na segunda-feira representa um disfarce. Se desde muito, nas visitas mensais à minha avó, não encontro certo indefinido sabor que, estou seguro, existiu em minha infância, imagino — com a lógica dos indigentes — haver fugido esse gosto, ou essa atmosfera, dos domingos para os outros dias. Coisas de pusilânime.

¦ A rua onde moramos é das mais antigas da cidade. Subiu de nível, com os anos; ou a primitiva calçada de tijolos, quase soterrada, cedeu pouco a pouco, ao longo do tempo: chão da rua e calçada se confundem. Qual será o mês? Fins de agosto? Começo de setembro? O céu povoado de inquietas pandorgas. Outros meninos erguem-nas, o dia inteiro, na rua de passeios soterrados. Habita, em frente à nossa casa, uma mulher. Ela compensa tudo o que existe de velho e sem encanto. Adélia é seu nome. Pelas manhãs, depois que o marido, negociante de feijão e milho, vai para o trabalho, se debruça à janela pintada de verde. Nessa hora, eu também, na ponta dos pés, me debruço à minha. Acena, sorri, deixa-se adorar pelo que julga ser a inocência de um menino. Havendo percebido minha inveja — queimava-me de sol, vendo subirem as zumbidoras gamelas, os imponentes índios e as arraias: retangulares, nervosas, ameaçadoras, com afiados vidros na extremidade da cauda — trouxe-me da feira, entre laranjas, olhos de alface e palmas de banana-ouro, este índio rubro, que palpitava sobre o cesto do carregador, e do qual, com orgulho, sinto a força. Precisei lutar, em casa, contra a resistência dos mais velhos: afirmam que os papagaios trazem para a terra micróbios de bexiga, soltos na altura. Parecem ter razão, eu mesmo já os vi; e é sempre em outubro, depois das pandorgas, que surgem na cidade os bexiguentos, a febre, outras doenças. Como adivinhou Adélia que dentre os papagaios é o índio que prefiro, o índio, grande quadrado de cor com uma das pontas voltada para baixo, ornado pela corrente de papel de seda que pende dos vértices laterais e concorre, ao mesmo tempo, tal como sucede às coroas dos reis, para acrescentar-lhe a imponência e a estabilidade? Debruçada à janela, Adélia sorri. Sorriso breve, de curta vida, igual a todas as minhas alegrias. Depois de mandar para o meu índio vermelho dois ou três *avisos* (por mão de que milagre sobem as rodelas de papel até ao cabresto dos papagaios?), a linha curva e tensa irá romper-se, o índio, vacilando, enredar-se-á na corrente de papel de seda, os redondos *avisos* voarão com ele. Nunca mais o verei.

║ Houve discussões com Helônia. "Está se afeiçoando a Latif demais!" Insultou-me: era de maior e faria da vida o que entendesse. Temos o mesmo nome, respondi, seus erros pegam em mim. Caiu em pranto, dizendo-se infeliz e bradou que eu estava com ciúmes. Nassi Latif seria a última pessoa a me causar ciúmes, declarei. Um doido. Um vira-mundos. Não se iluminasse. Ele, ainda com uma banda morta, mais dia menos dia azulava de novo, com muleta e tudo, ia embora para o Acre ou para Mato Grosso, para a Venezuela, como fizera tantas vezes. Nascera vagabundo, vagabundo vivera até então, morreria de velho como vagabundo. Deitou-se no chão, gemendo e batendo com os pés. Depois disso, Nassi Latif passou três dias sem nos visitar. Julgando que ele deixara de vir por minha causa, por conselhos meus, carta mandada por mim ou coisa semelhante, envenenou minha comida. Ao ver-me preparar o prato, arrependeu-se, confessou a falta, ajoelhou-se e me pediu perdão. Nosso irmão padre de nada sabia.

⚐ Sei que as relações entre mim e este adolescente hão de ser passageiras; esperava, contudo, vê-las morrer em conseqüência de seu próprio absurdo — divertimento em que alguém aceita ser o Rei ou o Lobo e assume esse papel, não para sempre. Reconheço que a perversidade daqueles a quem não fizemos nenhum mal se volta contra nós, que apenas nos amamos — ou tentamos amar-nos — condenando o que de si é transitório a um final ainda mais prematuro que o determinado por sua natureza. Meu sobrinho alertou-me para os assovios. Bartolomeu, talvez, os houvesse igualmente percebido; nada me falou. Tem finuras, embora seja um menino. A princípio, na esperança de que estivesse ainda alheio àquela inexplicável manifestação das pessoas, evitei encontrá-lo à luz do dia. Procurava os lugares mais sombrios. Não se prevaleceu, uma só vez, dessas circunstâncias: mãos nos bolsos, olha-me furtivamente (seus olhares têm qualquer coisa do exame espreitador e assustado de um pequeno rato que se aventura a deixar, por instantes, seu esconderijo, porém cintilam de adoração) e isto encanta-me. Há pouco, entretanto, não sabemos de onde — de alguma casa fechada e às escuras, ou por trás de um muro — começou a vir o assovio, a Marcha Triunfal da Aída. Delicadamente, sem dar a entender que o escutava, sugeriu mudarmos de lugar. Movendo-me, senti o volume das minhas ancas e tive consciência de que no meu andar pesado, em meus quadris ondulosos, no tronco sem cintura, é possível descobrir, bastando para isto um pouco de maldade, semelhanças com Hahn. Até meus seios, de que tanto e sempre me orgulho, pareceram-me descomunais. Nosso pobre amor, precário e frágil, será dissolvido no ridículo. Guardaremos, de tudo, uma recordação humilhante. Por isto, olho as casas desta cidade subitamente odiada, perante a qual eu sou Hahn e Bartolomeu o domador, e ponho-me a chorar. É a primeira vez que ele toma, entre as suas, minha mão. Quisera oferecer-lhe, em sinal de reconhecimento, um ramalhete de dálias.

⊖ Contemplo as telhas vãs. Que sensação se apodera de mim? Em que misterioso espaço penetrei, ao franquear o muro e invadir, por uma via que não a habitual, esta casa em silêncio? Minha avó dormia, dorme, um lençol sobre as pernas. Não tem mais idade para ocupar, com a sua presença, toda a casa, onde há recantos e móveis quase abandonados, como esta cama de lona que espanei, forrei, onde me deitei, e que estava coberta de pó. Abrir o gavetão da cômoda, retirar os lençóis, o travesseiro, a fronha, o velho pijama, estender-me de costas sobre o leito. Gestos banais, penetrados — por que razão? — de uma substância transcendente. Minha avó escreve-me, na noite do meu décimo nono aniversário: "Preparei um almoço especial. Sua tia e o marido, que estão pensando em morar perto de mim, por causa de meus anos, que infelizmente já são muitos, vieram do sítio. Sendo domingo, estávamos certos de que não faltarias. Comemos sós, às duas horas da tarde, todos pesarosos, pois sonhávamos há muitas semanas com a tua presença neste almoço." Onde estaria eu, nesse domingo? Com brandura, alguma porta, talvez a da cozinha, continuadamente, move-se, vai de encontro aos batentes, as dobradiças rangem, musicais. Rumores antigos, suspensos no silêncio de verões extintos. Precisão de chorar. Vívida impressão de que sou conduzido, como um andor, rumo a qualquer coisa de vago, e nem por isto menos solene. Fogem, simultâneas, todas as correntes do tempo? Existirão, acaso, diques, desvios, épocas estagnadas, voltarão certas horas, encarnando-se, por uma espécie de transmigração, na substância de cheiros e rumores, de claridades, de temperaturas, e envolvendo-nos? O elefante branco, por muito raro, foi por longo tempo honrado com homenagens, velas sagradas, representações teatrais, vestes de luxo, jóias, procissões. Intimidava. Também eu me sinto amedrontado ante o pressentimento de que um tempo morto, enorme e branco se aproxima de mim, ou mais de um tempo, blocos gigantescos, frota de navios fantasmas, cheios de astrolábios, ventos, bússolas, sons de pés descalços, bater de corações, mesas desertas, três vultos concentrados numa espera vã, porões com tonéis cheios de água fresca, que outrora desdenhei, buscando-a em dornas secas. Estalar de velas, oscilar de mastros, ondas.

↳ Dentre os papagaios que, nos ares infestados de varíola, planam serenos, surgiu a Novidade, o Acontecimento. Um pastoril famoso divide com Hahn as atenções das pessoas. (Assisto uma função, com Adélia e o marido. Em minha mão esquerda, a da mulher; na direita, a do negociante de feijão e milho. Para suportar este último contato, transformei-me num saco em quem o homem verte cereais e minha amiga várias espécies de açúcar — mascavo, refinado, cristal — com abelhas e formigas. Num estrado alto, de madeira, iluminadas por dois lampiões a carbureto e lanternas esféricas de papel colorido, as pastoras cantam, fortemente pintadas, laços nos cabelos, pandeiros rodeados de flores artificiais, boleros vermelhos ou azuis, com medalhinhas de ouro e bordados de vidrilhos, saias bem curtas e meias compridas, de seda, apertadas nas coxas. Usam brincos de argola e sinais pretos no queixo, na testa ou junto do nariz. Correntes de papel crepom, também azuis e encarnadas, cruzam-se sobre o coreto, unindo uma lanterna à outra. A orquestra: um pífano, um banjo e um triângulo. Sendo grande o berreiro da assistência, quase não ouço os instrumentos e as vozes roucas das pastoras.) Ora, o empresário, nos dias em que as dançarinas-cantoras se apresentam, descobriu este modo festivo de anunciar ao povo o espetáculo: às quatro e meia, solta um papagaio azul, rubro e laranja, por ele construído e que não imita os outros, nenhum outro. É enorme, régio, rosnador, em mais de um plano, cheio de festões, parecido com um peixe, um gavião, um guarda-chuva, um porta-bibelôs, uma girândola. Encanta-me. Decidi fazer um papagaio assim, formas novas, diferente dos outros e ainda mais alegre. Vou fazê-lo.

¶ Fechei o escritório antes da hora. Fui à loja de Oséas, convidei-o a ver a agitada coorte que, todas as tardes, circundava a espécie de tenda onde a elefanta recebia do povo, com a mesma cortesia, ramos de árvore, balas de mel, torrões de sal, folhas de bananeira, molhos de capim. Recusou o convite e ainda perguntou se o julgava capaz de afastar-se da loja para ver um bicho. "Ainda se fosse Ann Sheridan!" Também Armando recusou ir comigo:

— Muita gente.
— Já foi lá?
— Não.
— Você não gosta de pintar bichos?
— Não se trata de gostar. É uma necessidade.
— Mas por que não vai ver um elefante de perto?
— Não preciso vê-lo. Sei muito bem como é um elefante.
— Isso é o que você pensa. Que direção têm as rugas do lombo? São ao longo do corpo, ou de cima pra baixo?
— De baixo para cima.
— Errado. Têm a forma de um bote. Lembram uma canoa, desenhada de perfil.

Saí rangendo os dentes. Era absurdo como sem que fosse capaz de substituí-las, eu conservava certas coisas dos vinte e poucos anos: as costeletas finas, os ombros do paletó, o hábito de usar suspensórios e até certa maneira de andar nas ruas — despreocupada, vagarosa, as mãos para trás, o olhar distraído. Não ignorava ser o único a conservar ainda esses sinais, comuns a todos os jovens elegantes meus contemporâneos; modificar-me, porém, era pouco menos que impossível. Talvez, no fundo, me envaidecesse daquela fidelidade que me transformava num exemplar de museu. Apesar de irado contra meus irmãos, após a discussão ridícula sobre rugas no dorso de elefantes, minha marcha era idêntica à de sempre. Devia aparentar a indiferença habitual, a serenidade habitual; ninguém tinha o direito de perceber minhas cóleras. Pessoas mais velhas me cumprimentavam com respeito e ao mesmo tempo num tom condescendente, como se houvesse em mim alguma coisa de ameaçador e desprezível: eu era um homem sério, mas solteirão. Segui, rumo à elefanta, como quem vai falar com a namorada. Ia como quem fugiu de casa, violou o castigo, insurgiu-se contra a opressão e ruma para o encontro combinado, cheio de um amor que os nossos pais não entendem e querem destruir. Alegre, aproximei-me de Hahn. Dançava como sempre e os intermináveis grupos sucediam-se. Ela parecia rir e por certo exultava, centro de atração naquele pequeno e venturoso universo. Ao vê-la, desapareceu a alegria com que me aproximara. Ante os namorados, os grupos de moças, senti-me de repente o personagem de não sei que filme, ou de que livro, ou de que pesadelo, atirado invisível num mundo que não era o meu e que jamais ouviria minha voz. Como poderiam ouvir-me, se havia dois decênios entre nós, se eu lhes gritava de longe, do ano de 1930? Não jantei. Atravessei a cidade, fui aos bairros distantes, tive fome, a fome passou, dirigi-me à rua das mulheres.

↙ É a última vez que nos vemos em público, palavra alguma trocamos a respeito, mesmo assim o sabemos, é a última vez. Fui eu que tive a idéia de nos encontrarmos no cinema, para a matinê do filme com Sabu. Chegamos quando havia ainda pouca gente e nos sentamos juntos. Em que diferimos dos outros, para essas precauções? A sala estava cheia de casais, meninas com meninos, adolescentes, noivos. Eu tinha medo, cada vez maior, de estar com ele, como quem comete um adultério, ou está sob os olhos da polícia. Agora, vejo: era com razão. Foi, primeiro, um assovio distante; ao qual, com timidez, logo acintosamente, outros vieram juntar-se, enxame de vespas irritadas, repetindo com insistência, entremeada de arrotos, de gargalhadas, de imitações de barritos, aquela Marcha que para nós jamais foi triunfal, mas desesperadora, e que logo se fez acompanhar de batidos ritmados de pés, cinqüenta pés, trezentos, triturando-nos. No primeiro instante, eu quis sorrir; depois, foi preciso conter-me para não chorar. Sem uma palavra, Bartolomeu segurou com firmeza minha mão e assim continua, embora hajam cessado, não sem uma espécie de vaia, os assovios. Está muito pálido; seus lábios, machucados e secos, lembram uma flor bolorenta, pétala sem viço. Quando se apagarem as luzes, irei embora. Ele também, talvez. Não assistiremos o filme de Sabu e é possível que não nos tornemos a ver, para sempre afastados um do outro por essa espécie de conspiração, esses assovios voltados contra nós.

⊖ O que me despertou, não sei. Permaneço imóvel, primeiro à escuta, olhos abertos depois. Minha avó e a filha conversam na sala. Se prestar atenção, saberei de que falam, as paredes são frágeis, a casa pequena, está aberta a porta de meu quarto. Embalo-me na alternância daquelas vozes, entrecortadas de risos breves. As frases têm o compasso da cidade, e a conversa é a mesma que há decênios se estende, prossegue nas ausências, repete-se, volta ao começo. Conversam, em certas circunstâncias, sobre velhas conversas que tiveram. Descamba o sol. Réstias cor de laranja varam as telhas vãs, iluminam teias de aranha perdidas entre os caibros. Também por entre as telhas passa um vento sutil; ondulam as teias de aranha, e a claridade do quarto. Era verdade então o que se anunciava. Penetrei no passado, estou simultaneamente na tarde deste domingo e em outra época remota, ubíquo, conhecendo no tempo o estado que alguns homens haverão fruído em outra dimensão, no espaço.

Sucederia o mesmo, se houvesse entrado pela porta? Sei, com segurança, que jamais conhecerei experiência semelhante. Virei a ser feliz em outras horas. Agora, porém, dentre as mil possibilidades da vida, abriu-se um espaço, uma esfera, um acaso benéfico, propícia configuração de fatores, de grande duração e amplitude: harmonia entre o momento em que estou imerso e as necessidades mais profundas do ser. Tudo querendo registrar, aguardo, atento, a interrupção, o fim. Com o espírito vigilante para o elemento novo (abrir de porta, canto de galo, nuvem sobre o sol) que desmontará para sempre a rara conjunção, não percebo que essa espreita desagrega-me do bem-estar, do centro privilegiado do instante, pois, embora eu continue imóvel, já existe em mim uma crispação mortal. E na exata hora em que, voltado para o meu êxtase, descubro estar entre as suas causas minha espera, ele começa efetivamente a morrer, esvai-se, não lhe sendo possível subsistir ante a evidência de que, na estrutura da alegria, estão meu desalento, meu vazio, todos os venenos que vêm substituindo a seiva do viver, e me estiolam. Por isto, bebo com ardor esse ressurgimento espectral do passado, que permanece ainda no rumor de vozes, nas ondulações da luz, nas teias de aranha.

⌊ Venho há dias fazendo o papagaio. Melhor: noites, depois de preparados os deveres de Gramática, Geografia, História, Ciências Naturais. Desperdicei varetas, latas de cola, folhas e folhas de papel de seda que Adélia me fornece, desenhei, imaginei esboços irrealizáveis, chorei. A imaginação se transvia, desespera-se. Na cidade, muitos anos antes, decênios, houve água encanada. Com o tempo, não sabendo o povo conservar o que lhe foi entregue, as instalações arruinaram-se e o abastecimento voltou a ser feito nas costas de jumentos. As casas são cheias de jarras, com a água dormindo atrás das portas.

Dentro das jarras, nadam piabas; alimentam-se de ninfas dos mosquitos. Restam alguns vestígios da velha encanação, que se perde sob a terra, ligada a obscuras fontes: grandes torneiras, verdes de azinhavre, secas, eternamente abertas sobre limosos tanques de cimento. Sem que se saiba por que, essas torneiras põem-se de súbito a verter um fio dágua. Dizem os grandes: "A fonte despertou." Essa dádiva, essa água que não nos custa um cruzado, a nós que somos pobres, parece milagre. Pode durar pouco; ou muito, noites inteiras, jamais dias inteiros, a fonte é propensa à vigília. Do mesmo modo ofertado, o papagaio esta noite nasceu em meu espírito, com seu arcabouço de linhas, de superfícies, e outras coisas que o subseqüente fazer irá desvendando, intuindo, alcançando, articularei um papagaio que jamais existiu, em muitas cores, belo, complexo — e capaz de voar.

¶ Foi transferido aquele bairro sórdido, as casas derrubadas, erguidas novas paredes no lugar das outras — velhas, e fincadas como dentes de leite — as mulheres de então morreram ou vivem de esmolas, ou apodrecem em asilos, alguma tem marido, filhos, queixa-se da vida. Que me conduzira? Minha inquietação ou o batuque, aquele ritmo surdo, interminável, que fugia e vinha, segundo a direção de minha marcha ou do vento, enquanto a fome crescia e desaparecia, como se o jejum a houvesse aplacado? Os elefantes vivem em bandos e são afetuosos; há porém exemplares sozinhos, rebeldes, intratáveis. Os elefantes amam-se, e são gentis; os solitários recusam-se a participar de incursões e peregrinações, afugentam as fêmeas, bebem sós, tomam banhos sós, envelhecem sós. Eu queria ingressar não importava em que bando, ser reconduzido a alguma convivência, afagar um flanco de mulher. Na rua larga, longa e mal iluminada, cruzada pelos ecos do batuque, cachorros perseguiam-me. Havia, além de mim, muitos outros homens e mulheres, crianças mendigavam, uma velha de cócoras, junto a um monte de lixo, gemia uma cantiga rogatória. Vinha a cantiga de outra garganta sepultada no lixo, os cães porém ignoravam tudo, todos, gente e canção, só viam a mim, latiam nos meus pés, matilha de gargantas luminosas. Voltar? Não tinha para onde, voltar era o mesmo que ir, o mesmo que não ir, que não voltar, nenhuma voz me esperava. Uma rapariga de cinzento fitava-me com timidez, recostada a um portal. Dançava-se dentro da casa, alguns dos homens com chapéu na cabeça, todos de rosto parado, o tronco reto, pernas muito abertas. Eu tinha as mãos geladas. Os cães, dispersos, farejavam a noite, eriçados, as orelhas em pé, azuis, pretos, verdes, cor de chumbo. Vi como eram magros. Foi uma mulher dos peitos grandes, alegre, cabelo à Robespierre, nuca raspada à navalha, quem me tomou pelo braço e levou-me para dentro. A de cinzento — vi, de relance, que não tinha mais de quinze anos — olhou-me ainda e pensei, desses pensamentos de um segundo, que nem ali eu tinha escolha na vida.

|| O padre nosso irmão passara mal a noite, ficáramos as duas dando-lhe remédios, chás, massagens, fazendo escalda-pés. Tínhamos por norma não alarmar vizinhos, o enfermo era nossa penitência e nossa utilidade. Ficávamos contentes posto que aflitas, quando nos urgia. Pela manhã, adormecera afinal; exaustas, nós também. Despertei com a discussão, os berros abafados, soluços de Helônia. "Morreu!" Saí de pés descalços, ele ressonava. Ouvi então, na sala, o bater da muleta, Nassi Latif ia embora e minha irmã seguia-o, em pranto, braços erguidos. Ao ver-me sem sapatos, gritou que eu a espionava. Dei-lhe uma bofetada: "Não sou da sua laia." Nassi voltou-se: "Vocês enlouqueceram? Nunca mais venho aqui." "É me-

lhor mesmo. Na certa, a vizinhança anda falando de nós. Não fica bem a duas moças virgens, morando sós com o irmão que nunca sai da cama, serem visitadas todos os dias por um homem. Pior ainda: por um homem cujas intenções ninguém conhece." Nassi Latif levantou a muleta e começou a rir, aquele riso rangente. "Quem está doido, pra falar mal de vocês? As duas já caíram em exercício findo há séculos! Junto de vocês, senhorita Hahn é uma criança. Vão para o inferno. Velhas caducas!" Helônia me disse, depois que ele saiu, o motivo de sua desesperação, Latif conseguira emprego, ia embora com o circo, seria uma espécie de guarda ou tratador de Hahn. Lamentações de Helônia: "Nos chamou de velhas. Sei que não somos crianças. Mas o amor, às vezes, chega um pouco tarde. Sempre fui séria, moça prendada e cheia de virtudes. Houve mesmo tempo em que sabia bordar; e meu irmão garante, ainda hoje, que nunca viu alguém cerzir meias tão bem. Tive meus devaneios, em criança, pelo alferes. Sua farda era um sonho. Sempre ignorou-me. Todo mundo, até hoje, ignorou minhas graças. Você sabe que não estou mentindo: em minha vida inteira, Latif é o primeiro rapaz que me deu atenção." Por mais que me esforçasse, não consegui lembrar-me do alferes por quem ela tivera devaneios. Devia fazer muito tempo.

⊖ Minha avó, na cozinha, lava os pratos do almoço. Envolve-me um ar morto, sons mortos, inerte claridade. Range a cama de lona. A visão da cidade na segunda-feira nada me trouxe. Vago em torno do que me sucedeu na tarde anterior, mesmo sabendo que a experiência não será renovada. À sensação de inutilidade causada por essa procura, junta-se o conhecimento agora mais agudo de minha pobreza em relação ao presente. Digo a mim mesmo: "Compreensível que um homem se volte para o passado, se há nesse olhar um propósito fecundo. Quanto a mim, busco-o porque não tenho coragem de reassumir — ou assumir — a direção dos meus dias." Escrever. Nisto encontraria a salvação? Assusta-me a indispensável e árdua aprendizagem. Desarmam o circo, o sol me queima a cabeça. Observando a elefanta, penso no seu olfato sensível, nos seus ouvidos finos, recordo o velho que me interpelou na véspera. Caçadores, buscando este animal capaz de destruir, em minutos, aldeias inteiras, valem-se de teias de aranha, para saber de que lado sopra o vento, não ser denunciados. Teias de aranha são instrumentos de astúcia, ajudam a enredar os elefantes. Silêncio, perseverança, audácia, paciência, teias, os sentidos alerta, armas que terei de obter, para cercar as palavras, amestrá-las depois com aguilhão e banhos. Haverei que artes de ensinar-lhes? Mas escrever é um modo — não o mais eficaz — de romper o exílio. Atravesso como um bêbado as ruas sob o sol. Não se oferecem nunca por acaso, de improviso, as decisões essenciais de um homem; tal como na obra de arte, vamos chegando a elas devagar, com iluminações, e sobretudo com amadurecimento, esforço, meditação, exercício. Na hora ensolarada, muitos fazem a sesta; só algum pássaro insiste em cantar. No instante em que, de súbito, concebo o espaço em torno como feito de ofuscantes lâminas de vidro, formula-se em mim, e eu o aceito, este juízo cheio de exigências, certamente engendrado em meu espírito, desde muito, para uma longa e secreta gestação: tenho de buscar em minha vida, com energia, o contentamento e a paz. Uma conquista; não uma recordação. Mas sou ainda como alguém que, mentalmente, assume empreender uma viagem, sem saber que precisa criar, em sua alma, condições para vencer seus hábitos, seus medos, e partir. Minha avó guarda os talheres e a louça que lavou.

Meu papagaio alto, intrigando as pessoas, tão original quanto o do pastoril, enquanto outro, vermelho, dele se aproxima. Em redor de mim, olhando-o por condescendência, meus parentes, a quem chamei. Nem uma vez proferem, em meu louvor, as palavras que tão grato me seria ouvir. Isto não me rompe a exaltação: sinto que os venci, erguendo sobre a indiferença deles o objeto novo, impossível de gerar-se em seus espíritos. O júbilo, um segundo mais tarde, está desfeito. Olhando, na extremidade da cauda do papagaio vermelho, longa e agitada como serpente ferida, o pedaço de vidro maldosamente posto e que, em rápida e precisa manobra, cortou-me a linha, ainda não sei que fazer. Embora houvesse desaparecido, na linha morta, a tensão do papagaio que tomba, mantenho o braço estendido. Como souberam, estes de quem, com a visão turbada pelo desespero, não distingo o rosto, ser eu o dono, senão autor do papagaio que, precipitando-se em desgoverno — e mesmo assim, a meus olhos, mais esplêndido que antes — sobre os mastros do Circo, sobre os campanários, a praça, a multidão e as árvores, e deslocando as pessoas em sua direção, relega Hahn, por um momento, a plano secundário, não posso imaginar. Visão de pesadelo, estilhaçada e aflitente. Minhas próprias mãos, em meio a outras cinqüenta, tentam inutilmente arrebatá-lo. Acredito estar a meu alcance — e inatingível, por uma espécie de encantamento malévolo. São outras, vorazes, que se apoderam da presa, mas para destruí-la, suas varetas e cores se desfazem em segundos, voam numa explosão, e um soluço também explode em minha boca, sufoca-me. Então, cercam-me. Gritam, correm em torno de mim e — jamais saberei por quê — me apedrejam. Em minha ira crescente, tento agarrar algum desses demônios, bater-lhe, rolar com ele. Mas fogem; e a vaia recrudesce. Olho em torno, ao longe, impotente, em busca de apoio. Em qualquer parte do corpo uma pedra me atingiu, minha cólera de súbito fugiu de mim, preciso de um abrigo, seja qual for. Vejo uma árvore, a copa de uma árvore, reuno as forças, corro, abraço-me ao seu tronco.

¶ No jeito de ligar-me à mulher havia qualquer coisa de antiquada. Perguntou-me de que cidade eu era, não pareceu aceitar minha resposta, disse-me já não encontrar ninguém igual a mim. Também isto se transforma? Muda o jeito de um homem deitar-se com uma rapariga? Era enxundiosa, corpo informe, os ombros e os cabelos crespos embebidos num perfume execrável, talvez para dissipar o hálito dos homens com quem havia estado antes de mim. Conservara acesa a lâmpada; a música, incessante, fazia o quarto tremer. Eu fixava seus pés, largos, de artelhos malformados por uma vida bruta, com as unhas pintadas de vermelho vivo, perguntava a mim mesmo se com a jovem de cinza eu haveria ingressado, por um momento, na comunidade dos homens, escapado um pouco à minha solidão, e pensava, quase com alegria, que logo estaria na rua, os cães latindo em redor de minhas pernas. Oséas esperava-me. Seguiu comigo através dos cachorros que nem sequer me olharam (eu tinha agora o odor daquele mundo), levou-me para um bar três quadras mais distante, ofereceu-me vinho, pôs-se a falar de mulheres e a rir do acaso que lhe permitira flagrar-me *com a boca na botija*. Ouvia-o vagamente, entrevia-o a distância, numa nuvem branca. Era aquela, então, a nuvem que me separava do próximo. Via-a como os impostores dizem ver, junto a nós, o mau espírito que nos aflige. Resistindo ao desejo de estender a mão para a bruma que envolvia Oséas, pensei em Hahn, em seu isolamento. Veio-me o desejo de comprá-la, levá-la para longe, para a companhia dos seus irmãos de gênero, de espécie, no Congo ou na Birmânia, oferecer-lhe a companhia, o amor de que eu não era capaz. Busquei a mão de Oséas: "Vou casar-me. Um homem, às vezes, tem precisão de chorar. Hoje mesmo, esta noite, tenho necessidade de chorar, Oséas. Mas nos braços de quem? Vou casar-me, não interessa como, seja com quem for!" Bebi dum trago o último copo, ganhei a rua em passos decididos, morto de fome, sem desespero algum, ébrio atrevido e feliz. No silêncio da noite, só, desfez-se meu ímpeto: dificilmente acreditava havê-lo conhecido. Pus as mãos para trás e segui devagar.

|| Conheci dezenas de velhices, para não dizer centenas. Ninguém pode ensinar-me o que é ser velho. Vi gente envelhecer dez anos numa viagem de meses, vinte numa operação, trinta na morte de um filho. Sempre, todavia, por saltos, na noite das ausências. Com Helônia, foi diverso; vi-a envelhecer a cada hora, às cinco da tarde tendo um jeito que não tinha às quatro, dobrando mais a espinha a cada nova manhã, tornando-se esquecida, alheia, falando de fatos da véspera como se houvessem sucedido há anos. Célebre e amarga semana. Foram os últimos dias de meu irmão. Tive de enfrentar aquelas horas sozinha, pois Helônia, se lhe pedia para buscar um remédio, não voltava, olhava o enfermo com indiferença, deitava-se nas horas menos oportunas, vagava pela casa à noite, falando com os espíritos, com ela própria, ou com imagens do nosso passado. Pedi a Deus que a mantivesse de pé, ao menos durante um mês ou dois, era demais para mim assistir dois inválidos a um só tempo.

⚘ Tendo acertado, com Bartolomeu, um encontro no reservatório, evitei trazer o meu sobrinho. Vê-se, daqui, quase toda a cidade, é um lugar privilegiado, na região sem relevo. Dantes, neste mesmo ponto, era um hospital: o Retiro. Os bexiguentos vinham em padiolas, isolavam-nos dos sãos. Depois, a bexiga tornou-se coisa rara; e sendo esta a maior elevação da cidade, demoliram o hospital, construíram o reservatório; ao lado, puseram bancos, balanços entre as árvores para as crianças. Às oito da manhã, nos domingos, abre-se o portão; às seis, fecha-se. Horário excessivo: quase ninguém, à tarde, sobe a íngreme e escalavrada ladeira de barro vermelho. É sempre nas manhãs de sol, após a missa, que as famílias povoam o local, e as vozes dos meninos, como um bater de espadas, retinem no ar límpido. À tarde, prefere-se ir ao cinema, andar pelas ruas, ver a passagem do trem, espécie de deus ou de hieróglifo de nossos sonhos comuns, símbolo da viagem que todos ansiamos fazer. Assim, estamos os dois sozinhos, de mãos dadas, junto às invisíveis águas que abastecem a cidade a nossos pés. O silêncio, em torno, parece uma absolvição. Poucas palavras trocamos. Andamos sob as árvores, brincamos nos balanços, conversamos de um lado para outro do reservatório, através dos respiradouros, fazendo nossas vozes refletirem-se na água que não víamos, ocultas naquele imenso poço coberto, onde cada som era devolvido e, por assim dizer, fragmentado em réstias. Foi então que me disse, a trinta metros de mim e sem que nos víssemos, numa voz medrosa, pela primeira vez, pela única vez, que me queria bem. Não teve, em seguida a essas poucas palavras, ânimo de me olhar face a face. De mãos dadas, calados, olhando os telhados entre paredes e muros de quintais, as torres, os verdes e pardos, imersos numa paz que nos subtrai da terra e de suas diferenças, de seus rigores, não percebemos a passagem do tempo nem a formação, no céu sem nuvens, de tempestade próxima. Nossas mãos, antes unidas com júbilo, apertam-se com medo. É um mundo de baixas nuvens negras, escurecendo a terra, como num eclipse, um anoitecer prematuro. Nenhum de nós tem relógio, é impossível saber que tempo falta para o fechamento do portão. O trem das cinco e vinte, vindo do Recife, se chegasse no horário, poderia ser a nossa referência. Mas quem sabe se o ignoramos? Se descermos correndo, levaremos no mínimo cinco minutos para cruzar o portão, atravessar a rua e encontrar abrigo. Que fazer, porém, se esta chuva que promete ser copiosa, surpreender-nos no meio do caminho? Em dois minutos, haverei tomado um banho; meu vestido de verão colado ao corpo, não poderei atravessar a cidade. Também se fecharem o portão, ficaremos presos. Sobressaltados, vemos apontar o trem, bem longe, aceso o grande farol. Vem talvez com atraso, como tanto sucede: não estão acesas, sob o crescente e opressivo negror, as luzes na cidade? As árvores também escureceram, o chão tem cor noturna, olhamos para a tarde, entreolhamo-nos, reencontramos de cada vez o rosto ansioso do outro, tal visão multiplica nossa inquietude. Pertence-lhe essa voz, tão semelhante à de meu sobrinho? "Aqui, morreram muitos bexiguentos. Enterravam aqui e não no cemitério. Entre essas árvores." A mim mesma exclamo, procurando apagar de meus olhos seu rosto lívido: "É absurdo, é absurdo." Não quero deixar-me enfeitiçar pelas suas palavras e pelo seu pavor. Cresce, contra meus esforços, o medo de ficarmos presos, aqui passarmos a noite, junto aos fantasmas dos mortos de bexiga. Ao mesmo tempo, não me arrisco a descer, correr ladeira abaixo: as nuvens parecem, cada vez mais, na iminência de abrir-se, desabar sobre nós. Sua boca em meu seio, sugando-o devagar, amparados pela coberta do reservatório, indiferentes à chuva que se precipita a nosso lado. Sinto que o tranqüilizei, abrigando-o num manto, numa proteção cuja existência eu mesma ignorava. Não refleti. Abrindo a blusa, despi o portaseios, atraí para mim sua cabeça, com as duas mãos. Sinto transmitir-lhe pela boca, como um alimento, alguma coisa de meus vinte anos e tenho, vendo através do futuro, a intuição de que mergulho para sempre numa zona sagrada. Sou, nesta hora precisa, uma lembrança formando-se, nascendo sob a chuva.

↓ Multidão indistinta, pesaroso tropel. Sabíamos todos, desde uma semana, que a elefanta iria embora hoje. Choveu a tarde inteira, e assim Hahn vai deixando, fundas, na terra, suas pegadas. Não a vejo, pois vai muito na frente; escuto seus numerosos gritos de contentamento, espantando o Corvo pousado sobre a Hidra e alertando o Lobo para a lança em riste do Centauro. O negociante de milho e de feijão, felizmente, não quis acompanhá-la em seu lamentado começo de viagem; meus pais não me deixariam andar na rua, sem vigilância, depois das oito horas. Assim, vamos nós dois, eu e Adélia, mútuos guardiões, vamos de mãos dadas, felizes, ante os cento e dez olhos da Virgem, sob cuja influência agimos e sonhamos nessa noite. Batendo-me com tudo quanto posso pelo seu carinho, revelo minhas desventuras: a malvadez dos outros, que me destruíram o papagaio, a perseguição, a pedrada. A raiva, escondo-a.

— Por que você correu para uma árvore?
— Não tinha gente por mim. Eram todos contra. Quando me abracei na aglaia, senti a queimadura. Uma lagarta de fogo.
— Na sua mão?!
— Quisera! Aqui, no rosto.
— Puseram remédio, na sua casa?
— Não. Acharam graça. Doía como o inferno.

Adélia beija-me onde a lagarta de fogo me queimou. O tropear dos acompanhantes, suas vozes ininteligíveis.

Crianças, gente grande. Já devemos estar bem longe da cidade; ainda assim, continuamos empós a elefanta. Eu próprio, que raro a visitava, vejo-me triste com a sua ida. Por quê?
— Você verá, quando crescer. Nem sempre a gente acha as coisas onde deixa. Se, pela menos, eu tivesse um filho! Assim como você.
— Não queria ser filho da senhora.
— Não?
— A senhora é tão bonita. Queria ser irmão. Sobrinho. Ou primo. Primo era melhor.
Digo isto e do céu estrelado tomba a chuva grossa. Hahn, encontrando grande poça dágua, aspira-a e vai lançando no ar leques de lama. Adélia e eu, em lugar de correr como fizeram os outros, estacamos, sérios, frente a frente. Enlameados, únicos entes imóveis em meio a debandada. Meu tronco aparece por baixo da camisa, a roupa da mulher adere a suas formas, e também nossos íntimos, escondidos nos corpos. Entro em minha amiga, entro numa feira, ela me espera, prendo-lhe a mão e avanço, avanço com ela, nua, dentro da feira, através do seu corpo. Barracas de lona, mulheres da vida, cavalos com cangalhas, mercadores, carros de boi cobertos com chitão, mel de engenho em potes, toalhas de crochê, redes coloridas, esteiras de pipiri, bichos de barro, frutas, verduras, papagaios. Adélia se curva, apanha um índio vermelho e caminha para mim, descalça, nua, o papagaio esvoaçando a breve altura de sua cabeleira, como um pálio, a inquieta sombra manchando o corpo branco. Adélia, o vestido molhado, penetra-me e descobre, em minhas pupilas, de cócoras, chorando, espreitador, um homem temporão. Sorri compreensiva e afaga-me a cabeça úmida.

Caiu um poste ou quebrou-se o gerador. Faltou luz na cidade. Das ruas que vêm ter à praça continuavam a chegar pequenos grupos. Desarmado o circo, tudo já seguira, de trem ou nos dois velhos caminhões. Só restava Hahn, alegre, à luz da lua. Gente debruçada às janelas, de pé nos bancos do pátio, nos degraus da igreja, nas cornijas, nos fios, nos telhados. Mãos para trás, eu entre os da turba, olhos na tromba erguida para a lua cheia. Queríamos saudar a elefanta pela última vez. Faróis de bicicletas se enovelavam no ar empoeirado, laçando a multidão. Entre as sombras, vi o rosto de Armando, seu ar perdido, os olhos etéreos, a mão direita no bolso do paletó. Não fora olhar para Hahn; queria ver o pátio enluarado. Aprecia o luar. Com a lua, não vê o monturo, as paredes sujas, as caras dos bêbados. Um pouco de esforço, e descobre um fiorde. Ou algum dos bichos que continua a inventar nos seus óleos. Havia qualquer coisa de antigo ritual na multidão que marchava lentamente. Alguém cantava a marcha da Aída, para nós já familiar. Outras vozes, aos poucos, juntaram-se àquela voz iniciadora. Onde li o caso do elefante que, durante doze anos — sim, doze — viajou sozinho através da Baía de Bengala, de ilha em ilha, percorrendo centenas de quilômetros? Que procurava? E há quanto ando eu nesta cidade, golfo de consternação, perseguindo o que talvez não exista? Duas jovens, à minha frente, levavam ramos de árvores erguidos. Fome de dar-lhes o braço, extraviar-me em sua companhia, cantando como os outros. Iriam quantas mulheres, além delas? Não haveria, entre todas, nenhuma ao mesmo tempo real e fictícia, para dissipar a invisível nuvem que me separava da vida? Nenhuma? Exclamei com voz rouca: "Adeus, Hahn!" Não sabia, ao certo, de que profundo bem, de que essencial esperança me desapossava. As moças dos ramos de árvore, sorrindo, olharam para trás. Envergonhado, adentrei-me num beco. Mais uma vez, sem rumo, uivando dentro de mim, ganhei as ruas adormecidas.

‖ De pé, no alpendre, ante o leve cadáver, não sabia — a mão esquerda segurando a vela, a direita apoiada na parede — que rumo tomar, que fazer. O corpo, dos quadris para baixo, estava enluarado; com as pontas dos pés, acariciava o chão. Como fôra possível? Junto ao padre, que agonizava, tudo eu ouvia: crianças soprando trombetas, barritos do animal, a orquestrinha do circo executando a música tantas vezes ouvida, o vozerio, depois a leva cantando. Pedi a Helônia que fosse à vizinhança, chamar alguém. Não me deu atenção: numa cadeira, de frente para a janela cerrada, ficou. Fui eu que andei batendo às portas dos vizinhos, tentando chamar gente para me ajudar nas rezas. Parecia que ninguém ficara em casa, todos queriam ver a elefanta. Depois disso, acho que fiquei atordoada. Pus a vela nas mãos de nosso mano, sozinha, chamando em vão Helônia. Consumado o trespasse, gritei por ela, caçando-a pelas trevas da casa, com a vela fúnebre. A cantiga das gentes, já bem longe, ia no rastro de Hahn; Nassi Latif também, mais uma vez sem destino, levado pela sua loucura, seu mal de não ficar. Um doido. E Helônia, onde se escondia, com sua ingente paixão? Voltei para o quarto, para junto da morta. Houve então um gemido, um rangido, algum pressentimento? Nunca vou saber. Sei que saí, para encontrar minha irmã sobre os chinelos vazios, suspensa num cordão de anafaia, roçando o chão com os artelhos. Como essas aves da terra que se alçam, mas não conseguem voar. Pobre, pobre, Helônia, tão cheia de esperanças, com tanta vida ainda por viver.

⁋ "Escrevo-te à luz da vela, com lágrimas nos olhos. Meu pai foi transferido: vamos deixar a cidade. Ora, ontem, voltando do reservatório, pensava como fazer, para nunca mais nos vermos. Não que me envergonhe do que sucedeu. Foi tão bonito! Mas é preciso aceitar: sou mu-

123

lher feita, és uma criança, e nosso amor impossível. Aliás, nestes últimos dias, sem nada te dizer, pensei em oferecer-me para ir com o circo, trabalhar nos dramas, como atriz. Já li a vida de Eleonora Duse. Deve ser uma felicidade tão maravilhosa sentir no corpo, no rosto e na voz a capacidade de fazer acreditar que somos outra pessoa! Perdoa-me se não te falei nisto. Mas é que eu sabia: cedo nos separaríamos. Ante o que houve ontem, acho que essa hora chegou. Peço-te, assim, por tudo que existe de sagrado: *Não tentes falar-me*. Guardemos intacto, em nossa memória, o quadro de ontem, a cena final, nós dois sob a chuva, suspensos sobre a cidade. Como dois anjos.

Começo a ouvir, sem nenhuma aflição, o trecho musical de Hahn, cantado em coro. Soube que muita gente vai levá-la até fora de portas. Como entender semelhante gesto, se várias dentre essas mesmas pessoas nos perseguiram sem pena, tantas vezes, com a mesma canção que cantam de alma leve neste momento? Será porque não têm, em suas vidas, nenhuma ternura? Sim, talvez fosse nosso amor que as irritava e que procuravam turvar (infelizmente, éramos vulneráveis) com a sua zombaria. E se vão todos atrás da elefanta, *é porque a amam*, à falta de melhor. Eu própria, não é possível que, enquanto não te vi, também a amasse? Mas esse amor, meu querido, esse amor deles, é tão insensato quanto o meu por ti e o teu por mim. Separemo-nos, pois, e para sempre. Adeus. As coisas sem futuro logo apodrecem. Devem acabar cedo.

Lembro-me de quando, ao céu da tarde, Hahn me pareceu azul, iluminada pelos teus olhos. Agora, ela se vai, nunca mais a verei. Despeço-me também de nosso amor incompreendido, que tão pouco viveu e tão feliz me tornou. Foi, apesar de tudo, o que de mais belo conheci na vida. Amar-te-ei sempre. Tua... Hahn."

⊖ Do ônibus — último para o Recife — mal reconheço a cidade enluarada. Pesam-me indagações que preciso solver. O presente é um tecido não inteiramente são, onde áreas mortas continuam a existir, afetando as partes vivas. Como removê-las? Quantas coisas, em mim, posso salvar da desagregação? Ouço o rumor de passos, imagino que alguns bois estão obstruindo a estrada, vejo a multidão. Todos vão calados seguindo a elefanta, o acompanhamento é como o de um enterro. Pequena orquestra segue a seu lado, os instrumentos baixados. "Ela é um morto — digo com raiva. Vai para o cemitério com suas próprias patas. Morre em todas as cidades aonde chega." Vejo-me, eu mesmo igual a qualquer um daquela multidão, rastejando atrás de coisas defuntas. Como em resposta, um dos músicos, de fraque e chapéu coco, levando à boca um olifante, emite prolongado som, em direção as estrelas. Confuso brado — são centenas talvez mais de um milhar de acompanhantes — parte da multidão. A orquestra inicia, ligeiramente adulteradas, as primeiras frases da Marcha Triunfal, da Aída. Num contágio, é repetida a música, o motorista do ônibus tenta acompanhá-la com a buzina e o homem do olifante continua indiferente à melodia e ao ritmo, soprando como um possesso. Hahn, tapetes na testa, no dorso, parece animar-se, revestindo-se a meus olhos de inesgotáveis significações. Não posso desviar a atenção daquela imensa e fantástica besta enluarada, até que o homem do olifante se aproxima. Fixo-o como se ele — e não eu — bradasse-me estas ordens: "Enterra os mortos. Escreve não importa como nem o quê. Do passado, senhor que hoje te absorve e trava as forças do viver, posse conquistada com o sangue de teus dias, faz um servo, não mais uma entidade soberana, um parasita. Sejam as recordações, não renegadas, campo sobre o qual exercerás tua escolha, que virá talvez a recair sobre tuas próprias mortes, sobre elefantes que nunca mais verás, para entregar tudo aos vivos e assim vivificar o que foi pelo Tempo devorado. Atravessa o mundo e suas alegrias, procura o amor, aguça com astúcia a gana de criar." A música de Verdi, estropiada e áspera, avoluma-se. Serei eu capaz de obedecer aos brados do olifante? Hahn vai mais rápida, agitando as orelhas. Parece-me alada, animal translúcido, quase imaterial, mais alto do que todas as casas, não mais um morto, emblema agora do grande e do impossível, de tudo que é maior do que nós e que, embora acompanhemos algum tempo, raras vezes seguimos para sempre.

O PÁSSARO TRANSPARENTE

Indefinido, um rosto de oito anos. Cabelo fino, claro, cobrindo a testa. Pensativo, debruçado à janela da cozinha, olha o gato de manchas pretas e brancas, sentado no muro. Haverá, talvez, uma tristeza escondida nos seus olhos e, nos lábios, traços de precoce resignação. Entrefitam-se os dois, gato e menino. Brilham, no rosto, revérberos de abafada e colérica altivez. Altivez sem firmeza, qualquer coisa de elástico e ao mesmo tempo de inseguro: mola solta.
    Você me olha de cima, porque está no muro. Mas vou ser um homem, vou viver cem anos. Crescer. E quando for mais alto que portas e telhados, onde estarás? Hein? Sentado onde? Olho para você e já vejo a ossada brilhando no monturo. Andas mansinho, és um silêncio andando. Eu, quando crescer, meu bater de calcanhar no chão será como trovões. Gritarei bem alto, voz de sinos. E você, orgulhoso?
    Pulverizados o gato e seu perfil, é inútil buscar, na face desse homem, exausta, emoldurada pela janela do trem, os traços do menino. Seus cabelos escuros começam a embranquecer, a roupa de casimira negra (luto do pai) é demasiado frouxa, demasiado cômoda, as meias brancas enrugam-se nos tornozelos, os sapatos não bri-

lham. Na rede, acima dele, está a sua pasta negra, fosca, com papéis e dinheiro, seu guarda-chuva com cabo de metal e o chapéu cinzento, preso na fita o bilhete de ida e volta.

Há quantos anos, neste mesmo trem, rasguei aquelas cartas, uma a uma? E há quantos vejo — duas, três vezes por mês, ao amanhecer e à tarde — estas mesmas paisagens? Ao contrário de mim, mudaram pouco. E a mudança, a minha, foi para melhor, pior? Como agiria, aquele rapaz, durante a cena preparada para hoje à noite: meus parentes e seu inútil pedido de clemência? Este Engenho, como os outros que vejo no caminho, parece eterno, com seu triste bueiro, seus telhados velhos e o copiar sombrio. Tem-se a impressão de que os mesmos homens, os meninos de sempre, vêem o trem passar. E que os bois, nos pastos, são os mesmos. Só as árvores, por causa do verão e da estação das chuvas, transformam-se, para recuperar, a cada ano que vem, sua juventude. A juventude do homem, felizmente, não é como a folhagem dessas árvores. Se fosse, se eu voltasse a ser jovem, cometeria decerto os mesmos erros, talvez outros maiores.

A luz da sala de jantar é amarela e pastosa. Ainda que pusessem lâmpadas mais fortes, seria quase o mesmo, o motor da cidade é ordinário, antigo, tem o fôlego curto e trabalha devagar como a cidade. Faz uma hora que a ceia terminou, os três lugares das crianças estão desocupados, elas dormem. Sentado à cabeceira da comprida mesa, da qual a empregada não retirou ainda as xícaras com restos de café, a manteigueira vazia, os pratos e os talheres (só o fará, é ordem, quando todos se erguerem) o homem, sem gravata, as mangas da camisa arregaçadas, ouve impassível as razões de uma velha de negro. Grande broche de prata, fora de uso, com o retra-

to do marido morto, prende-lhe a abertura do vestido. As duas moças olham-na com esperança; vê-se, porém, que o rapaz tem vergonha, que sacrificaria muitas coisas para não sofrer a humilhação. O homem sente, do outro lado da mesa, os olhos incontentáveis da esposa, nele fixados, como que a gritar: "Não a ouças, faz como das outras vezes. A compaixão custa dinheiro."
Eudóxia, você perde seu tempo. Perde seu tempo em fitar-me desse modo, como se eu fosse uma roleta a ponto de parar em número no qual você nada arriscou. Então não me conhece ainda? Não se habituou ainda ao ar de pena com que ouço lamentos como este? Será preciso que estampe no meu rosto a decisão guardada em mim, decisão tomada antes que ela pensasse em vir, trazendo, para comover-me, seus três filhos e esse broche onde vemos, de perfil, o irmão de minha mãe? Não terei complacência, embora seja certo que, por hoje, darei algumas esperanças. Mas não perdoarei, todos os papéis estão legais e são a meu favor, dentro de poucos dias a casa onde eles vivem será minha, estaremos ainda mais ricos, temos filhos, três, precisamos deixar-lhes alguns bens. Esta mulher, o rapaz, as duas moças habitarão alguns meses, sem pagar, a casa que haverão possuído e que não lhes pertencerá. Não mais. Assim, farei a eles um favor, que será invocado em nosso benefício, por uns meses, enquanto o povo se lembrar do fato e for capaz, por isto, de nos acusar. Esses quatro, então, me julgarão perverso, mas não muito, e até um pouco ingênuo. Depois, eu os expulsarei.
Embora pense o contrário, eis uma criança. Nu da cintura para cima, trancado no seu quarto, no mesmo leito que deixou há dois anos e dez meses — a si próprio jurando não voltar antes que os seus sonhos se cumprissem, antes que lhe fosse dado lançar, à face dos

numerosos, mesquinhos parentes, que jamais haviam acreditado nele, seus triunfos — e que será preciso substituir, por causa de seus ossos que cresceram. Está ajoelhado, as costas como um arco, a face no lençol, entre as mãos frias. Bastão retilíneo, de aço, dobrado pela sua curvatura e que buscasse, tenso, a forma original, um soluço se distende no seu corpo.

Venceram. É duro aceitar, e é verdade, perdi. Faltou-me fibra. Novamente as ordens execráveis, novamente esta cidade imóvel, estas ruas que só um abalo de terra modificaria, novamente a vida que detesto, fanada e oca, esta condenação. Devia levantar-me, mudar de roupa, apanhar o primeiro caminhão na estrada, ir por aí, os dentes cerrados. Como naquele dia. Repetir o salto. Desta vez com decisão mais firme. Não irei. Por que não resisti à fome, por que não me deixei morrer? Respirariam com alívio, contentes em dizer a si mesmos que não se deve ousar pois o castigo é a morte, mas no íntimo teriam de aceitar a verdade: "Ele foi homem. Falhou nos empregos, nos empreendimentos tortos, não teve apoio, morreu despojado, mas aceitou os encargos de sua decisão. Nisto, venceu." Não teriam o direito de sorrir, de olhar para mim com ironia, pena, complacência e uma espécie de saciedade, como se houvessem todos devorado, famintos, minha capitulação. Vou aceitar o destino que me deram. Mas hão de ver quem voltou. Dirão, um dia, que melhor seria houvesse feito eu por longe minha vida. Vão desaparecer. Serei o rei, o dono deles todos.

Dois rostos, um derrisório e solene, de perfil no travesseiro alto, mandíbula presa num lenço, outro de frente, mordaz, fixando o morto, ambos imóveis. O perfil — em vida não era assim: nítido — dá uma impressão de juventude, não obstante o bigode cor de prata suja; o contemplador, pelo contrário, está envelhecido, e assim os dois parecem estudos quase superpostos — um em repouso, outro contraído do mesmo rosto.

Pois é, meu pai. Há muitos anos queria vê-lo assim, as vontades cortadas, sem poder, sem voz autoritária, desde o dia em que, desamparado, senti sua inclemência e decidi voltar. Havia, dentro do senhor, um morto: este. Ele dirigiu a sua vida, estabeleceu as leis em relação a mim. Eu era o filho homem, tinha obrigação de receber — herança — não somente as coisas que o senhor prezava e conquistava, mas também seu apego aos valores que, em sua régua, eram as representações do grandioso e do eterno: o armazém, as casas de aluguel, a fama de homem justo, a vida sem amor nem aventura, a cidade, o vezo de moldar vidas alheias. Pois bem, eu recebi a herança. Renunciei, para sempre, a qualquer expressão pessoal do ato de viver. Desposei a mulher que o senhor decidiu ser a indicada para mim, estou impregnado de tudo que detesto, corrompi-me, gosto de ser respeitado, dono de riquezas que haverão de crescer, trago o senhor em mim, nunca deixarei esta cidade. Sou o continuador, o submisso, o filho. O pai.

A moça, cotovelo esquerdo sobre a mão direita, mão esquerda solta para os gestos — sua antiga atitude — sorri e acena para o mar.

— Aí está. Depois de tantos anos de espera, vou atravessá-lo.

— Tenho visto seu nome nos jornais. Li que você obtivera uma bolsa na Espanha. Fiquei contente, disse comigo: "Ora veja, quem podia imaginar que ela ia se tornar uma artista famosa." O jornal reproduzia uns quadros seus, frutas, pássaros voando. Um era transparente, via-se o pássaro e o coração do pássaro. Tinha um jeito de ave de rapina.

— E olhar de gente.

— Isso mesmo. Era assustador. Existe, aquele pássaro?
— Não.
Ranger de tábuas, o suave embalo do navio, frases em língua estranha, a barlavento, gritadas pelas marinheiros.
— Você não desenhava, naqueles tempos.
— Escrevia versos. Nunca lhe mostrei.
— Às vezes, quando me sobra tempo, venho até ao porto, fico olhando os paquetes. Mas não entro nunca. E você vai fazer uma viagem. Gostaria de ver outros desenhos.
— Quando fizer uma exposição, mando-lhe convite.
— Meu pai morreu há tempo, você soube? Assumi a direção dos negócios, estou morando na casa que era dele. O endereço...
— Eu sei. Você receberá o convite.
— Quero pedir-lhe um favor. Mande-me um cartão-postal da Espanha. Um cartão dos ciganos, em Granada.
— Como devo assinar?
— Quem você pensa que sou? Assine como quiser. Seu nome ou qualquer outro. Ou não assine.
— Ponho um nome de homem.
— Vindo de Granada hei de saber quem manda. Ora veja! Quem poderia imaginar? Sabe que num desses dias, abrindo uma gaveta, encontrei também uns versos meus? Incrível. Não me lembrava deles. Como a gente muda, hein?
— Acho que não mudei muito. Se mudei, foi para melhor. Sou a mesma adolescente de quem você, um dia, rasgou as cartas no trem. Um pouco mais velha. Mesmo assim, penso que hoje sou mais bonita do que naquele tempo. Ou será engano de minha parte?
— Não. Não é engano.
Tinha um dente de ouro. A pele é menos brilhante; não os olhos. Mais bonito o cabelo, os seios menores,

mais fina a cintura. Atraente, com qualquer coisa de intenso e de maduro em seu vestido azul, contra a parede ocre e o negro telhado do armazém. Eudóxia é mais jovem do que ela. E parece mais velha, em seus vestidos frouxos, em seu jeito ausente e sorrateiro, disfarçando a perene atitude de suspeita. A cada ano que passa, seu andar é mais lento, mais penetrantes seus olhos, sua boca mais ávida. Esta, ao contrário, quase nada mudou. Papel e lápis, tintas. Imaginações. Foi sempre assim, uma fonte de sonhos. Agora, à força de sonhar, vai a Granada. Bem que me afirmava: "Um dia, havemos de fazer uma viagem." Havemos. Olho os navios no cais, é tudo que restou, em mim, de nossas ansiadas aventuras. E dizer que a sua e minha vida, um tempo, seguiram o mesmo curso! Seríamos infelizes, essa viagem à Espanha, nunca feita, tornaria amarga nossa convivência. A Espanha existiria em seu espírito como outro destino, talvez melhor, porém interdito, por isto mais ambicionado. Ela nunca haveria de mencioná-lo, eis o mais grave, interporia entre nós o sonho e o segredo. Assim, não. Desde que é mulher de pensar fantasias e cumpri-las, dedique sua vida a fazer garatujas no papel — cajus, aves, palhaços. Mandará para mim o cartão colorido, com as bailarinas ciganas de Granada? Se o fizer, não porá meu nome: apesar de tudo, é sensata. Posso ficar tranqüilo.

 Ela sorri, seu dente de ouro brilhando à luz do poste, que desce por entre os ramos do *ficus*: parecem, a moça e ele, presos naquela rede feita de cacos de sombra e manchas claras. A mão erguida abrange a rua desolada, as calçadas úmidas, o cheiro de terra molhada que os envolve, os latidos de cães, as portas e janelas fechadas, o céu negro. Ele de braços cruzados, sem gravata, colarinho levantado, o corpo mal ajustado na roupa ainda nova, curta para os braços e pernas que se alongam; ela de franja, o vestido apertado na cintura, ampliando com numerosas saias os quadris ainda sem definição. Recende a pó-de-arroz, água-de-colônia e panos limpos. Envergonhado com o timbre de sua própria voz, cujas inflexões nem sempre reconhece e que, embora tente fazer harmoniosa, raro lhe obedece (ainda menos quando, como há pouco, fala muito ou exalta-se), decide silenciar e ouvir a namorada.

— Você está certo, eu também acho esta cidade mesquinha. Quando leio os jornais do Recife e vejo tudo que acontece lá, entristeço. Chegam transatlânticos, príncipes, artistas de cinema, tem aeroporto, zoológico, biblioteca pública, muitos cinemas, paradas militares, bondes, rio atravessando a cidade, prédios de muitos andares. Ruas calçadas. E são bem diferentes destes, os postes de iluminação. Aqui: trilhos de estradas de ferro, pintados de negro. Os de lá: roliços, bordados, cor de prata, com as armas da República. Existem jardins públicos, cheios de banquinhos. Imagine as cidades maiores, Paris, Singapura, Manchester. Se eu fosse homem, entrava na Marinha. Veja se não é uma prisão: temos de passar a vida inteira aqui, neste lugar. Mas quem sabe se não havemos de fazer os dois, um dia, nossa viagem, atravessar o mar?

Havemos. Ela diz *havemos*. Eu, não tu, farei essa viagem. Não sabes o que disse um poeta, desiludindo a sua namorada, decerto parecida contigo e que imaginava continuar ligada para sempre a ele? "Eu sou Goethe!" Também sou alguém, serei um nome, sinto força em mim. Conforto, dinheiro do pai, família, cidade natal, tudo abandonarei. O que sou destinado a conquistar, desconheço ainda. Mas sei que um dia voltarei aqui, rodeado de glória. Teu marido será empregado no comércio, ou talvez escrevente no cartório, terás um lar e filhos; mas teu orgulho maior, a ninguém confessado, virá de seres o que és agora: a testemunha de minha adolescência. Eu sou Goethe.

Todos em torno da mesa, sob as lâmpadas de muitas velas, ouvindo a retórica do padre, as frases tantas vezes proferidas, em ocasiões idênticas, sobre a fidelidade, o zelo e as bodas de Caná. No centro da toalha bordada, guarnecida com pratos ingleses e talheres cintilantes, no topo do enorme bolo confeitado, que lembra vagamente um templo babilônico, dois pequenos bonecos, representando o noivo e a noiva, sustentam o coração onde está escrita com polvilho de prata, em má caligrafia, a palavra AMOR. Os rostos das senhoras, adornados pelos chapéus de vária procedência, em geral apagados pelo tempo e ressuscitados por um laço ou flores de veludo, assumem ares de embevecimento; os das moças — algumas, pela primeira vez, calçam meias compridas e sapatos altos — fremem de antecipação; os dos homens, forçam acuidade e circunspecção, e é possível descobrir (nos olhos, nos cantos dos lábios) linhas de ironia e aborrecimento. Sobre a indistinta nuvem de chapéus e faces, destaca-se o rosto do pai, ainda com sinais da exultação, já amortecida, de ver realizar-se aliança por ele calculada e, com hábil pertinácia, coordenada; e já irritado com o padre, que fala interminavelmente, encarecendo os mínimos conceitos, desenvolvendo imagens triviais.

Todos, com esse ar atento, essas roupas novas, domam o impulso de invadir o *buffet*, comer, beber, em proporção ao valor dos presentes enviados: supérfluos, de mau gosto, que atravancarão a casa e dos quais terei de desfazer-me aos poucos, contra Eudóxia, que jamais aceita a idéia de renunciar a um bem, por mais insignificante. Só mesmo o padre ouve a sua prática, adequada, pela extensão, à importância de nossas duas famílias e à recompensa em dinheiro. Essas palavras dele, sei por onde se escoam. Não fogem pelas portas, nem pelas janelas; desaparecem a meu lado, para sempre, sugadas por este poço ao qual liguei minha vida e de quem sinto o ossudo cotovelo. Sem entusiasmo por nada, sem amigas, indiferente a tudo que não acrescente seu grande cabedal, ela tudo sorve e nada a alimenta. A ninguém, coisa alguma, nunca, devolve ou doa. Irei, com o passar dos anos, habituar-me a seus modos sorrateiros, à sua desconfiança incansável; e à custa de vê-la sucumbir em ambições sem nenhum objetivo, acabarei por tornar-me seu escravo, levado a isto por compaixão que deveria, antes, dirigir-se a mim e não a ela. Por que, então, essas frases piedosas, por que falar de eterno e de sacralidade? Unimos duas fortunas — e duas indigências. Só. É o ouro, são os bens de raiz o que para nós ambos existe de sagrado. Se não nos une o amor — daqui ausente — como poderia ser eterno? E não perca seu tempo em busca de símbolos. Para nós, só um é válido, esses bonecos ocos, ostentando uma palavra grave (a palavra, a palavra!) num coração de papel. É possível que nem chegue a desembaraçar-me dos presentes hoje recebidos.

 Deixou que os empregados se fossem, para abrir a gaveta, revolver as pastas descoradas, procurar os papéis. Lembrar-se-ia deles se não fosse a notícia no jornal da tarde, as fotografias dos quadros — frutas regionais, um pássaro extravagante — e o nome outrora familiar? No armazém deserto, com ânsia de quem busca, dentre vários, um documento revelador, acabou afinal por encontrá-los. Eis que as observam, não reconhecendo as visões ali expressas, os mesmos olhos que as testemunharam.

 Poesias. Por que, tantos anos passados, ainda as conservo? São meus poemas; em todo caso, não insuportáveis e neles perpassam alguma generosidade, alguma febre. Eu não era, porém, um coração limpo; reconheço que viviam nele, desde esse tempo, muitos dos repulsivos bichos que a diligência de meu pai nutriu e que fazem de mim, hoje, um viveiro sombrio. Fosse de outro modo, não seria com desdém, condescendência e orgulho que mostraria *a ela* esses trabalhos. Lembro-me de como prolongava a leitura. Eu imaginava ser por incompreensão, quando seu demorado olhar era sondagem. Ela rebuscava meus versos, alegrava-se com eles, acreditava em mim. E não fui eu quem, afinal, quebrou a casca, descobrindo um modo criador e livre de existir. Ela amestrou as mãos da sua juventude, fez com que lhe pertencessem. Quanto a mim — estas, cautelosas, quase sempre fechadas, não sei que sutil e laborioso processo as engendrou — em que armário do tempo, em que espessa noite de interrogações perdi as minhas?

PASTORAL

Sem aqueles óculos de vidro grosso, meu padrinho, morto, parece outro homem. É outro homem. Olhava-me por trás das lentes, dizendo coisas sobre minha mãe, quando me deu Canária de presente. O sermão exalava afronta e crueldade, saía devagar pelo nariz, seu andar também não era rápido, mas cauteloso e miúdo, andar de cágado. Sendo caso de morte, e eu afilhado, meu pai não viu outro jeito, senão trazer-me à cidade. Ali está, sentado, a boca aberta, ouvindo os numerosos sinos de Goiana, dobrando pelo compadre. Quando se distrai, fica de boca aberta; os olhos não repousam, sondam tudo com desconfiança. Estou ouvindo sua voz soante, embora esteja calado. Todas as horas da vida, sem cessar, escuto sua voz. Não é para ele, nem para meu padrinho, é para as seis mulheres de Goiana, estranhos bichos não existentes no sítio (duas sentadas no banco, o rosto sobre as mãos, a terceira de pé, ao sol, prendendo os cabelos, outra de olhos no espaço, reclinada no sofá, sozinha, braços estendidos no espaldar, e duas desfolhando cravos sobre o morto), é para estas que eu desejaria ter seis olhos. Aliçona é mulher? Usa vestido, é certo, semelhante às saias e blusas dessas moças. Mas é mulher? Banhando-se no rio, nua, lembra um tronco nodoso, cinza e verde, grosso, coberto de limo. Tem os cabelos pretos. Mesmo assim, vejo na sua cara de azinhavre, larga e retalhada de rugas, idades que me assustam. As dessas moças não fazem medo. Peles finas, mãos bem tratadas, os vestidos brancos ou estampados, as orelhas com brincos, os sapatos delgados. Como são bonitas! Poderiam talvez brincar comigo, rolar nas folhas, dormir na minha cama. Isto que parece um coro de cigarras, seis cigarras cantando, é o perfume de minhas seis goianenses.

Aqui, ninguém me vê. Canária entrega-se, mansa, a todos os agrados. Tento morder, de olhos fechados, o fuso que ela tem na testa. Pensando no perfume das moças, afogo-me em seu cheiro de égua nova, ainda quente de sol. A claridade enreda-se nos troncos, o prazer vem subindo pelas pernas. Meu corpo aumenta, prolonga-se nos flancos brilhantes e dourados, na curva do espinhaço, na cabeça erguida. Nesta baixada, o sol desaparece antes. A luz esponjosa reflete-se nas nuvens, infiltra-se nos ramos das velhas laranjeiras sob as quais eu e a poldra estamos escondidos. Começou a noite e as primeiras estrelas logo poderão ser vistas entre as folhas. Por isto, e também por causa dos cabelos compridos, tapando-me as orelhas (passam-se meses, sem que ninguém se lembre de cortá-los), não posso ver meu perfil. Joaquim, bem longe, abate uma árvore; chegam a meus joelhos, amortecidos, os golpes de machado. Mais um dia, mais um dia para amadurecer Canária e conduzi-la ao cavalo que está de pé em algum pasto, cavalo de cactos, crinas de agave, rabo de carrapichos.

Nosso pai, o braço esquerdo morto, grita por Balduíno, manda cortar meus cabelos. "Parece uma Verônica!" Tudo que lembre mulher o enraivece. "Raspa!" Balduíno Gaudério é o filho mais novo da primeira esposa de meu pai, morta com vinte anos de casada. "Nunca ouvi, Baltasar, aquela criatura levantar a voz. Ia falar para quê? Meu pai só exigia que ela fosse fiel e desse conta das obrigações. Mas na hora de morrer, ela deu um berro, um *amém* que assustou. Sua vida se foi naquele grito." Meu pai não compreende por que Balduíno Gaudério não cresceu; e só encontra, para isto, uma justificação: enguiçaram-no, passaram por cima dele, com más intenções, no tempo de menino. Parece haver, dentro de Gaudério, homem para corpo maior: pesa quase o mesmo que Domingos ou Jerônimo. É menos bruto que esses dois irmãos e o que parece ter-me um pouco de amizade, embora escondida, para evitar censuras. Pega a faca amolada por Joaquim e me raspa a cabeça, sem dizer palavra. Também não falo. De pé, as mãos pendidas, submisso, deito-me no chão, observo a tosquia e até acho prazer no tratamento. É tão raro sentir contato de gente, mesmo grosseiro. Nem Aliçona, que é mulher, me afaga. Aliçona é mulher, Baltasar? Sim. Não, não é. Move-se no casarão, malcontente, com ar de condenada, como se levasse o próprio peso às costas. Vasculha mal as telhas, varre como cega, espana sem cuidado, lava em meia água os pratos da comida e nossa roupa. Pés descalços, calcanhares rachados, unhas carcomidas, ciciando sempre e rindo só, com ódio. Não é mulher. Por trás de Balduíno, miro meu pescoço, a nuca sem brilho. Nunca entendi por que sou feito de cipós trançados. Quantos anos terei? Balduíno, nossos irmãos Jerônimo e Domingos, meu pai e Joaquim, o parente afastado, que desapareceu há perto de oito anos e se fez de casa, também perderam a noção de minha idade. Não sabem se me devem tratar como rapaz ou criança. Concordam, isto sim, em asseverar que me pareço muito (jamais dizem com quem), que haverei sempre de ser peso morto e que um dia, mesmo que não queira, cometerei infidelidades. É possível. Sou indolente e careço de músculos. O candeeiro aceso, de cobre, no estrado de maçaranduba modelado a enxó, onde comemos. Quando nos curvamos sobre os pratos de estanho, esmaltados de azul, parecemos sempre estar chorando: a mesa é baixa, quase altura de cama. Nosso pai se senta numa cabeceira, de frente para Joaquim. É o mais alto e branco de todos. Cabelos quase pretos, caindo na testa. O braço esquerdo esquecido não lhe quebrou a energia. À sua direita sentam-se Jerônimo e Domingos, os dois bem perto dos quarenta anos e ainda sem mulher; à esquerda, com a incumbência de cortar, quando é preciso, carne para o velho, Balduíno. Meu pai está voltado para mim. Olha-me, olhar divertido, enviesado. Todos os seus olhares, mesmo nas horas de cólera, parecem divertidos. Joaquim, mão estendida para a quartinha de barro, também me olha. Cara de terra, nenhum cabelo, sobrancelhas enormes e pelos nas orelhas. Sua cabeça brilha à luz do candeeiro. Domingos fala de fora para dentro, ri sem necessidade. Leva à boca, na ponta da faca, grande pedaço de carne de sol. Jerônimo, esquecendo o talher, ergueu as duas mãos e zune as acusações do costume contra mim. Seus olhos são azedos: sinto na língua, quando me observa, gosto de limão. Eu e Balduíno estamos de cabeça baixa, inclinados sobre os pratos azuis. As sombras dos que estão aos lados da mesa são maiores que as do pai e de Joaquim, sentados mais longe do candeeiro. A sombra das mãos de Jerônimo, nas telhas enegrecidas, onde às vezes correm, afoitos, timbus de barriga alva, é quase invisível. Ponho as mãos no meu ombro e beijo com pesar minha cabeça raspada.

    Espreito-me dormindo, os membros espalhados, estrela de cinco pontas. Ouço, ao mesmo tempo, o cincerro da potranca na estrebaria e o som de seus cascos trotando no meu sonho. Ocupo, sozinho, este cômodo enorme, dantes camarinha de meus pais. O oratório preto já não tem imagens; do cravo com dois dedos de grossura, pregado na parede, no qual minha mãe, à noite, punha seu bisaco de jóias, pendem alguns arreios; existe a arca fechada, que jamais se abre, cujas quatro chaves decerto se perderam e onde talvez mofem sapatos e vestidos; no baú de madeira, pintado de vermelho e azul, guardo alguns chifres, pedras, ossos de animais, chocalhos e as poucas moedas que Gaudério, com meses de intervalo, me oferece. Morta a primeira mulher, o velho nada alterou para o segundo casamento. A cama de ferro, com lastro de arame, é a mesma onde todos fomos paridos. Aí vão crescendo, noite e noite, sobre o colchão de rabugem e palha úmida, os cipós com que sou feito e que, embora cresçam depressa, crescem mais devagar do que Canária.

Nu, pernas mergulhadas na água turva, meio cabaço na mão, saio do barreiro, puxando pela corda a egüinha. Minha pele descamba para o baio; se comparada à potra cor de cobre, é clara como a lua. Eles gostam, Canária, de judiar comigo. Na ceia, ontem, fizeram outra coisa? Sou preguiçoso, de menos serventia que um cachorro, pois não ladro. Sendo cruel. Jerônimo diz saber coisas. Quando um cavalo não é bom de sela; quando um cão é capaz de morder de furto; que vê a crueldade em mim: sou o buraco, num rio atravessável a vau. Sorvedouro escondido. Domingos, rindo, mastigava-me em seus dentes sujos. O pai lançava-me olhares, mais duros que as palavras de Jerônimo, embora divertidos. Joaquim me julga peixe envenenado. Se eu pudesse, Canária, afogava um por um, até Balduíno, que não me defendeu. Falaram na mulher. Não no seu nome; não no que fez. Falaram sem falar. Não se conhece um bicho pelo rastro? Eu sou o rastro de um bicho roubado. Ou fugido. A boca na testa da poldra, no seu fuso molhado, vejo sobre os vales, os montes, o sol do meio-dia como um galope de cem bodes brancos, todos com guizos nos cornos. Meu corpo é feito da mesma fibra maleável e rija com que se modelam os cavalos.

Só meu padrinho, até hoje, me falou como se fala a gente. Trouxe esta potrinha, Baltasar, para lhe servir de companhia. Sei o que é viver sozinho como você. Também mastiguei minhas areias, ora. É porque ninguém sabe. Está sentado debaixo desta sombra, em cima das raízes, chupando carambolas, os olhos parecendo lesmas coladas nos vidros. Voz arrastada e fanhosa, cheia de riscos maus. Admiro a bestinha e escolho para ela, na mesma hora, o nome de Canária, enquanto me parecem distantes a ovelha de Aliçona e as cabras de Gaudério. Nenhum desses bichos, cuja docilidade aceito como dever de coisa possuída e cuja rebeldia me enfurece, terá jamais para mim a beleza e o valor de Canária. Não sei como você existe, Baltasar. Como sua mãe fez uma coisa dessa, aceitar casar-se com um jumento, eu não estando morto. E ter filho dele. Imagine que coisa, seu pai lavrando aquelas doçuras. A gente faz coisas! E o pior é que você saiu a ela. Não pode lembrar-se; mas é te ver e ver a fugitiva. Ah, se eu soubesse. E bem que podia imaginar. Mas faltou coragem, vivi sempre no medo. Tinha nada que ela fosse ou não minha comadre? Quem sabe onde anda! Aquele vira-mundo não era homem pra ela. Gostava de ouro, demais. Foi isso que viu: os ouros. Pra mim, ela ia sem aqueles adereços, sem anéis, sem voltas. Feito um copo dágua.

Não falo, mas entendo. As palavras dele ficam em mim: ponta de faca amolada por Joaquim não as gravaria mais fundo numa tábua. Conheci essa figura de negro, de pé no copiar, enorme cruz no peito, de ouro e diamantes, pendendo de uma volta grossa? Não. Conheci estes sapatos, de couro negro, essas meias negras de algodão, essas compridas mangas de vestido? Não. Ainda assim, vejo. Passou, em torno da cabeça, um véu de seda negro. À luz das estrelas, que brilham, quase sem pulsar, na sossegada noite de novembro, seu rosto flutua. É, em plena decisão, o último instante indeciso. Quebradas todas as cordas, restava ainda esta, lassa — e que resiste. A casa está quieta, a aurora distante forma-se na noite. Estão dormindo os galos. Não muito longe, um cavalo branco, ajaezado, espera-a. O metal dos estribos, as fivelas das correias e as tachas que enfeitam os arreios brilham menos que seu pêlo branco. Cavalo de vaga-lumes. O homem debruçado na sela, aguardando aquela mulher pálida, cuja idade é mais ou menos a mesma dos enteados Jerônimo e Domingos, e que acentua a própria palidez com suas blusas negras, de mangas frouxas, os brincos negros, as duas tranças negras amarradas com grandes laças negras. Sempre cheia de anéis, às vezes quatro num dedo, sempre de pulseiras, de trancelins no pescoço. Sua vida absorve, dessas muitas jóias, o único alimento; ou então ouro e pedras sugam suas forças, chupam seus ossos, lhe bebem o sangue claro. O homem, já em cima da sela, dá-lhe uma única ordem. Só levar consigo seus tesouros, vindos com ela dos tempos de solteira. Vestidos, não. Sapatos, não. Nada que meu pai lhe tenha dado. Só teu corpo e a roupa do teu corpo. O menino também fica.

    O sol se põe, boca vermelha e olhos dardejantes. Tomba, amarelo, duro em seu orgulho, cercado de penachos cor de sangue. A poldra baia, eu sobre ela, cruza o entardecer, quatro cascos no vento, estendida a cauda na linha do espinhaço e as crinas voando mais alto que as orelhas, lançada como para sempre no galope que longe repercute. Como cresceu, em pouco mais de um ano! Quero ser assim, crescer depressa, ter esta força, para galopar sobre meus irmãos, sobre Joaquim e sua cara de terra, sobre meu pai e sua autoridade, sair por este mundo atrás de minha mãe, ajoelhar-me a seus pés. Os roxos, os dourados e os verdes das nuvens se trespassam, planam três urubus sobre o sítio. No chão, sob as árvores, vejo as raízes, suas garras pretas. A grandeza do corpo sob o meu, distendido no ar, veloz, ao sol, entra em mim e gira no meu sangue. Me transformo em vinte, em muitos corrupios, verdes, roxos, dourados como as nuvens, girando sobre a égua em disparada.

De todos os quartos, só um tem janela: grande, folhas espessas, dobradiças duplas, pegadores de ferro. Cede o lastro da cama, quase em curva de rede, ao peso de meu corpo. Na janela aberta, vejo lua, estrelas, campo, cocheiras, os movimentos das éguas mais velhas, ancas de Canária, o tilintar do cincerro, cheiro de capim, de mijo apodrecendo, o garanhão na estrebaria menor. Vejo tudo. Quem me dera metade do corpo de um cavalo! Ou metade do corpo de Joaquim. Dorme com a faca atravessada nos peitos, seu tronco tem quase a largura da mesa, enche a cabeceira oposta à regida por meu pai. Não fosse tão forte, estaria reduzido a empregado, recebendo ordens e ordenado; em vez disso, determina coisas, toma resoluções. Foi ele que trouxe, para Canária, o cavalo caxito. Altaneira cabeça, olhar desconfiado, crinas aparadas: na cocheira, sem companhia, réstias de sol nos ossos e no sangue, aguarda a manhã. Soltarão no pátio minha bestinha, ficarão à espera. Só em existir, ele a governará, será prisão mais segura que um cercado de estacas muito altas. Ei-la girando em torno do seu peito, de suas crinas, de seus cascos, sem poder fugir. Ele relincha, joga para o alto as patas dianteiras, rasga as entranhas da égua, com violência e glória.

Pesa-me, na mão, a serra de cortar capim. Para bem medir a potência e o fogo do cavalo, acendi o candeeiro de folha. Nas pernas, no vazio e perto das narinas, a luz fumacenta mostra os desenhos das veias. Seu pêlo escuro, nas curvas, reflete a chama. É um cavalo de ferro, coberto de ferrugem. Primeiro, virando a cabeça, explorou-me com seu olho esquerdo, pulado, de brilho insuportável. Tranqüilizado, baixou novamente a cabeça para o capim fresco. Nesse corpo, escondido no ventre, fica o instrumento de minha humilhação. Experimento no polegar o gume da serra. Ninguém como Joaquim para amolar um aço, ele transforma em navalha as costas de uma faca. Curvei-me e agrado o cavalo na entreperna. Vai exibindo, aos poucos, seus possuídos, é como se abrisse o peito e expusesse, indefeso, a fonte do existir, então eu fecho os olhos, cerro o queixo, e com a mão toda, os braços de cipó mais tensos do que nunca, seguro o membro rajado e decepo-o com a serra, num gesto curto. O senhor das éguas e pai de cem outros cavalos, que era um sol nos pastos, desfaz-se no seu sangue borbotante, os quartos arreados, como sucumbido ao peso da carroça, ele que jamais em vida conheceu o jugo. Os negros olhos brilhantes perdem a luz, reveste-os uma camada de cinza, sua cabeça teima em ficar levantada, como outrora, nas campos sobre os quais durante anos ele desfraldou, como estandarte vermelho, sua força, mas não tarda repousar, inerte e desonrada, no chão. Agita-se a luz do candeeiro. Apagam-se, no couro do cavalo, os reflexos brilhantes, desaparecem as veias, os cascos trêmulos fazem-se mais brancos. O sangue espumante é odoroso e negro.

Estendido à sombra de um pé de fruta-pão, as costas vergastadas, as marcas do chicote latejando, enxergo o mundo rubro e desequilibrado. Há uma árvore de folhas delicadas, que se destaca das outras: vigorosas, troncos retorcidos, frondes copiosas. Todas verdes, verde transparente, verde espesso, verde carregado, puro, impuro, verde. O céu é vermelho, vermelha é a terra. Cantam nambus. As chicotadas de Gaudério foram as menos fortes — e as que doeram mais. O último a bater. Mesmo Joaquim entrou com a sua parte, quatro lambadas firmes, sem compasso. Na última, fingindo errar a pontaria, golpeou-me o pescoço. Não senti, depois, coragem de gritar. As chicotadas brilham, contemplo-as no meu lombo: brasas de angico. Se essas moças que velam meu padrinho me voassem agora pelas costas, com a verde cantiga de cigarras!

Em cima de Canária, no topo da monte, vejo um pedaço do ribeiro, embaixo, marrecos nadando e um novilho deitado, ruminando, crescendo na manhã. Foi ali. Secavam alguns vestidos de mulher, entre camisas de homem e a colcha de retalhos. Aliçona é o tempo feito gente, um tempo rosnador; e suas roupas negras ninguém pode dizer que sejam de mulher. Por isto é que entra em nossa casa, bota os pratos na mesa, lava os panos, assa a carne-de-sol, faz o pirão de ovos. Porque não é mulher. Aqueles, porém, eram lindos vestidos, bem diferentes dos panos de Aliçona. Um de florões vermelhos, outro cor de mel, um vestido branco de menina, todos na corda, ondulando. Parecia conversa de vestidos. Não conheço o pessoal do sítio. A lavadeira, as donas dos vestidos e os donos das donas dos vestidos, serão almas? Ou nesse lugar só habitam vestidos? O de florões dançava, contava alguma história divertida, o cor de mel sorria. As roupas de homens nada escutavam nem viam, mas o vestido branco me chamava. Ali estão, em número maior, todos imóveis, pendurados na corda, estendidos nas pedras à beira do riacho e nos galhos de duas groselheiras. Reconheço, entre ramagens, o vestido branco. Dentro do milharal, entre folhas altas e as espigas inchadas. Em duas, três semanas, serão quebradas pelas mãos de Jerônimo, Joaquim, Domingos, Balduíno Gaudério. Meu pai, com gestos de dono, arrancará algumas. O milharal, esconderijo claro. De um lado, o crescente se levanta, quase lua cheia. O sol ainda não se pôs: descamba do outro lado, cabeça de orelhas cortadas, olhos cúmplices e grande boca em chamas. O perfume do vestido branco. Nu, estendido no espinhaço da égua, em meu pescoço as crinas enroladas, entre as mãos o vestido ainda meio úmido, recebendo ao mesmo tempo o cheiro de Canária e o cheiro de sabão, do milharal e da terra, soluço. Quente o lombo da potra, áspero e escorregadio o pano do vestido desfia-se em meus dedos, canta uma cigarra, a moça do sofá me acaricia os pés, as nádegas, o dorso inteiriçado, vejo sol e lua, as duas claridades cruzando-se em meu peito, abro-me em dois, descubro por que choro, é o silêncio, regiram em mim os corrupios do gozo, tudo esqueço, tombo de borco. Ainda soluçando. A cara no vestido. Nas veredas do sangue ouço a voz, uma cantiga feliz, é um homem cantando, e este homem caminha para mim, coisa impossível, pois o homem sou eu na plena força dos anos. Canária fareja a terra, na altura de meus rins.

O luar, entre as folhas da janela, ilumina o vestido, forrado no chão e ainda mais claro do que antes. Eu sentado à cama e de pé junto do oratório. Vem da estrebaria, com claridade igual à do vestido, a campainha de Canária. Da mesa, atroantes, chegam a voz de Joaquim e as risadas grossas de Domingos. Balduíno, miúdo, sempre à esquerda de nosso pai, finge sorrir; para ele, que tem os beiços curtos, isto é fácil. Domingos ri de verdade, levantou-se e olha para baixo, as mãos torpes abertas, afastadas. Jerônimo pesa-o, com seus olhos azedos. Meu pai, branco e alto, o braço morto na mesa, como um pano, assoa o nariz e fixa a parede, atravessando gestos e risadas. Falam de Canária, do cavalo morto, do que farão amanhã. Tentação de ir para o curral, beijar os flancos sombrios de Canária, mastigar-lhe as crinas. Não irei. Canária, para mim, é posse que já não assumo. Seu dono é o cavalo, a meia hora de marcha, de que falam meu pai e meus irmãos.

Deitado no soalho, em cima do vestido, adormecido, nu, enluarado. Em torno de mim, os chifres, as pedras redondas, as moedas, os chocalhos sem badalos, os ossos de animais, as sombras do quarto, os arreios no cravo, o oratório vazio, o sossego da noite. Meus irmãos, meu pai, Joaquim, também bebem no sono a força com que cumprirão, amanhã, seus trabalhos. Qual deles levará Canária? Jerônimo? Domingos? Irão todos? Faço o cavalo: parado, alto, um morro, fogueiras nos olhos, peito imenso, a cauda como um negro e espesso redemunho. Invadem o quarto cavalos galopantes, baios, brancos, negros, todos sangrentos, todos relinchando, perseguidos por gaviões em fúria. O cavalo graúdo não se move.

Vou entre o frescor da noite e o calor da manhã. Não comi: tinha pressa, o estômago cerrado. A que horas haverão partido Jerônimo e Domingos? Cruzarei com eles no caminho? Por baixo desses vales, desses montes, dessas plantações, existem rios de fogo, nos quais o sol mergulha e onde as nuvens do nascente se banham toda a noite. Por isto vêm assim, vermelhas. O vermelho tinge o verde das folhagens, entre azuis e roxas nesta hora, os bois soltos no campo parecem esbraseados e as cabras são de vidro, atravessadas pela claridade. Também o canto dos galos é vermelho. Não sei por que vou e preferia não ir, ou não chegar. Um vento impele-me, soprando à minha espalda, vento firme e quente. Amarro os tornozelos — e porém, mesmo sem querer, vou mais rápido, sempre mais ligeiro, passada, meia-passada, trote, vento no peito, gosto de manhã. Crescem minhas crinas verdes, minha cauda azul, e galopo com ódio descendo esta ladeira, sou cavalo branco, árdego, cascos de pedra, dentes amolados. Na disparada, alteio a cabeça por sobre os rubros pastos, sobre as árvores, os montes e os pássaros voando, sobre as nuvens de fogo, o sol nascendo, e relincho com toda minha força.

Descubro, nos oito homens cujas sombras se alongam, emaranhadas na sombra da cerca e dos cavalos, expressões de inveja. Todos firmam a vista no centro do curral, como quem avalia bens alheios. Um, bem moço, os cabelos pretos sobre a testa, não consegue esconder, por trás do beiço mole e das pálpebras mortas, seu orgulho. Deve ser o dono do cavalo. Este é o centro de tudo. Belo animal, e de cor bem rara. Preto, cauda e crina brancas e brilhantes, feito cabelos de milho ainda verde — e compridas, como desejaria fossem as minhas. Morde de leve a orelha esquerda de Canária. O barro está pisado, revolvido, cheio das marcas dos cascos. Há muito giram inquietos neste mesmo lugar, o macho em redor da fêmea, a fêmea em redor do macho, como que presa a um mourão, mas esquivando-se. Talvez hajam lutado. Agora, os dois imóveis, o cavalo morde a orelha de Canária. Entre os paus da cerca e as figuras dos homens debruçados, nenhum dos quais notou minha presença, ela me vê, se é que não está cega. Vai escapar ao domínio do cavalo, saltar a cerca, vir ao meu encontro? Rígida, e as patas traseiras afastadas. O couro de seus flancos estremece. Os homens, sempre ruidosos nessas horas, não dizem palavra. Longe, no sossego da manhã, uma ovelha perdida bale sem cessar. A mulher de negro surge de repente, do outro lado da cerca e me aconselha: "Vai, Baltasar. Vale a pena." Cato uma pedra no chão. Chegam a meus joelhos, amortecidos, golpes de machado. Uma nuvem passou, o sol reaparece e clareia os animais, um vento inesperado faz ondularem as crinas do cavalo. Estouram em todas as árvores os gritos das cigarras.

Meu corpo fino, tecido com cipós, mas de aparência rija, torna-se frágil, peça de barro, que vai fazer-se em pedaços nos cascos do cavalo. Os oito homens, por surpresa e por medo, se guardam de intervir. Seus rostos, menos que pesar, exprimem ira e incredulidade. Canária se afastou, cabeça alta e orelhas espetadas. Para mim, este breve instante é um relâmpago no corpo. Cheguei ainda a lançar minha pedra, sem alvo certo, a esmo. Os dentes do cavalo, as patas galopantes se abatem sobre mim como um feixe de raios, e as crinas brancas — nuvem — chamejam sob o sol.

Estirado na mesa, sem velas, dedos cruzados, a pele de raposa cobrindo-me as virilhas. Sentados e mudos, nos lugares de sempre, meu pai, Joaquim e meus irmãos rodeiam-me. Imaginando que vão cear mais cedo (o cemitério é longe), Aliçona pôs a mesa: os pratos azuis, o candeeiro de cobre. Os poucos homens que vieram ao meu enterro, conversam fora, sem ânimo de entrar. Alguns, apreensivos, olham para o céu. A tarde está nublada, fria. Antes que anoiteça, vai chover. Talvez com remorso, talvez com alívio, pois nunca mais verá este seu filho, que em nada se parece com ele e que, todos os dias, fazia-o recordar a mulher que foi capaz de deixá-lo, meu pai contempla-me; os outros conservam a cabeça baixa. Da estrebaria vem o som do chocalho de Canária, ainda virgem de cavalo. Agora que estou nu e exposto, sem a permanente e soturna crispação com que me protegia, é que vejo quanto era criança. Bicos do peito rombudos, espáduas de menina. Jerônimo e Domingos me trouxeram cruzado em cima de Canária. Foi Balduíno Gaudério quem lavou meu corpo, quem tirou com brandura o sangue seco. Foi ele quem cingiu, às minhas virilhas, a pele de raposa, quem me cruzou as mãos e pôs, entre meus dedos, um pendão de milho. Nunca mais cortará, a mandado do pai, os meus cabelos. De todos, é o único que chora, pranto mudo, quase sem soluços. Tem inveja de mim, que nesta casa fria, fui capaz de amar e de morrer por isto. As mãos sob a mesa, promete a si mesmo que haverá de ter uma mulher, que haverá de amá-la, que não será jamais como esses outros homens.

RETÁBULO DE
SANTA JOANA CAROLINA

PRIMEIRO MISTÉRIO

As estrelas cadentes e as que permanecem, bólidos, cometas que atravessam o espaço como répteis, grandes nebulosas, rios de fogo e de magnitude, as ordenadas aglomerações, o espaço desdobrado, as amplidões refletidas nos espelhos do Tempo, o Sol e os planetas, nossa Lua e suas quatro fases, tudo medido pela invisível balança, com o pólen num prato, no outro as constelações, e que regula, com a mesma certeza, a distância, a vertigem, o peso e os números.

⊕ Acompanhei, durante muitos anos, Joana Carolina e os seus. Lá estou, negra e moça, sopesanda-a (tão leve!), sob o olhar grande de Totônia, que me pergunta: "É gente ou é homem?" Porque o marido, de quem não se sabe o nome exato, e que não tem um rosto definido, às vezes de barba, outras de cara lisa, ou de cabelo grande, ou curto — também os olhos mudavam de cor — só vem em casa para fazer filhos ou surpresas, até encontrar sumiço nas asas de uma viagem. Aquelas quatro crianças que nos olham, perfiladas do outro lado da cama, guardando nos punhos fechados sobre o peito seus destinos sem brilho, são as marcas daquelas passagens sem aviso, sem duração: Suzana, João, Filomena e Lucina, todos colhidos por mim das pródigas entranhas de Totônia, de quem os filhos tombam fácil, igualmente a um fruto sazoado. Dizem dos filhos serem coisas plantadas, promessas de amparo. Com todos esses, Totônia acabará seus dias na pobreza: Suzana, mulher de homem bruto e mais jovem do que ela, chegará à velhice mordida de ciúmes, vendo em cada mulher, mesmo na mãe, olho de cobiça no marido, um bicho, capaz de se agarrar no mato, aos urros, até com padres e imagens de santo, com tudo que lembre mulher ou roupas de mulher, com o demônio se lhe aparecer de saias, mesmo com chifres, e rabo, e pés de cabra; João, homem de não engolir um desaforo, viverá sem ganho certo, mudando sempre de emprego e de cidade, entortando pernas, braços, dedos, em punhaladas e tiros; Filomena, mulher de jogador, cultivará todas as formas de avareza, incapaz de oferecer a alguém um copo dágua; Lucina ficará inimiga de Totônia, lhe negará a mão e a palavra. Joana, apenas, Joana Carolina, apesar da pobreza, será seu arrimo: a velha haverá de morrer aos seus cuidados, em sua casa, daqui a trinta e seis anos, no Engenho Serra Grande. Lucina andará três léguas, para ajoelhar-se ao pé da cama e lhe pedir perdão, em pranto. Nem Filomena, nem ela, nem Suzana oferecerão à irmã nenhuma ajuda. Para enlutar os filhos, Joana Carolina, já viúva, comprará fazenda negra a crédito. Será difícil pagar essa conta. O lojista, como se de posse da balança que pesa as nossas virtudes e pecados, lhe escreverá uma carta, lembrando que a hora da morte é ignorada e que portanto devemos saldar depressa nossas dívidas, para não sofrer as danações do inferno. Venderei um porco, emprestarei o dinheiro a Joana Carolina, ela pagará ao vendilhão. Palavras minhas: "Se você não me trouxer de volta o emprestado, Joana, nem assim há de penar por isto. É mulher fiel. Em seu coração, jamais deverá a ninguém."

SEGUNDO MISTÉRIO

A casa. Com a árvore e o sol, o primeiro e o mais freqüente desenho das crianças. É onde ficam a mesa, a cama e o fogão. As paredes externas e o teto nos resguardam, para que não nos dissolvamos na vastidão da Terra; e as paredes internas, ao passo que facultam o isolamento, estabelecem ritos, definidas relações entre lugar e ato, demarcando a sala para as refeições e evitando que engendremos os filhos sobre a toalha do almoço. Através das portas, temos acesso ao resto do Universo e dele regressamos; através das janelas, o contemplamos. Um bando de homens faz uma horda, um exército, um acampamento ou uma expedição, sempre alguma coisa de nostálgico e errante; um agrupamento de casas faz uma cidade, um marco, um ponto fixo, um aqui, de onde partem caminhos, para onde convergem estradas e ambições, que estaciona ou cresce segundo as próprias forças, e será talvez destruída, soterrada, e mesmo assim poderá esplender de sob a terra, em silêncio, das trevas, por vias do seu nome.

⊡ É em novembro, quando mudava — e ainda mude talvez — a diretoria da Irmandade das Almas. Joana, que completou onze anos no mês anterior, olha para mim com as mãos espalmadas, nada sabendo explicar sobre o porquê do seu ato e espantada com as nossas opas verdes. Ao fundo, algumas cruzes e um pé de eucalipto. A esquerda do grupo, o filho pela mão, Dona Totônia, entre humilde e colérica, tem o pé erguido sobre os escorpiões que achei entre as moedas. Um pouco à direita, com a portinhola aberta, a Caixa das Almas, pequena construção igual a tantas outras dispersas na cidade, para receber esmolas dos passantes e transformada quase em santuário, pois algumas pessoas aí acendem velas, rezam para seus mortos; e que eu, como Segundo Tesoureiro, com um pequeno cofre, muitas chaves na mão e guarda-sol aberto por causa do calor, percorri pela primeira vez, nessa sexta-feira. No chão, grandes como lagostas e ainda menores que os vinténs de cobre, os mesmos escorpiões a serem esmagados por Dona Totônia, um dos quais passeia no braço nu de nosso Presidente. Explicação de Joana: "Eu queria dar alguma coisa." "Mas por que lacraus? E não, por exemplo, pedaços de vidro?" "Não tinha pedaços de vidro." "Que foi que você fez, pra que eles não lhe metessem o ferrão?" "Eles não mordem." Por esse mesmo lugar, daqui a muitos anos, Joana haverá de passar, à noite, segurando a pequena mão de Laura, sua filha, que estremecerá de medo, fascinada, vendo no cemitério os fogos-fátuos, mesclado esse terror a uma alegria que impregnará sua memória, por causa do odor de café, de pão no fogo, que se desprende das casas do arruado, ao entardecer, como um barulho de festa. Não é muito freqüente, em casa de Totônia, o cheiro de café, de pão. Joana carece de divertimentos. Não faz muitas semanas, descobriu duas coisas que não custam dinheiro e lhe causam prazer: acompanhar enterros de crianças; um ninho de escorpiões, no fundo do quintal. Pondo-os numa lata brinca com eles; vai ao cemitério e deixa-se ficar junto à Caixa das Almas, até que o cheiro de pão e de café mescla-se à luz do ocaso. Aqui estamos, cercando-a, interrogando-a, porque decidiu juntar seus dois prazeres: trouxe para o enterro a lata de lacraus, deu os bichos de esmola para as almas, metendo-os pela fenda, como se fossem dinheiro. Grita o Presidente da Irmandade que ninguém pode pegar num escorpião. Joana Carolina: "Eu pego." Fecha-os na palma da mão, suavemente. Solta-os. "Se a menina faz isso, com os poderes de Deus eu também faço." O Presidente com a manga arregaçada, o braço branco e tenro. O lacrau subindo no seu pulso, ferrão no ar, dobrado, cor de fogo; depois, com os três que estavam no chão, indo para Dona Totônia; ela esmagando-os com os pés. Agarra a filha pelo braço, deixa-nos. Ficamos discutindo, acreditando em partes com o demônio, pois o aceitamos bem mais facilmente que aos anjos.

TERCEIRO MISTÉRIO

A praça, o templo. Lugar de encontro. Os homens reunidos para a discussão, para o divertimento, para as rezas. Perguntas e perguntas, respostas, diálogos com Deus, passeatas, sermões, discursos, procissões, bandas de música, circos, mafuás, andores carregados, mastros e bandeiras, carrosséis, barracas, badalar de sinos, girândolas e fogos de artifício lançados para o alto, ampliando, na direção das torres, o espaço horizontal da praça.

♂ Joana, descalça, vestida de branco, os cabelos de ouro esvoaçando, traz sobre o peito a imagem emoldurada de São Sebastião. Por cima dos ombros, encobrindo-lhe braços, mãos, e tão comprida que quase chega ao solo, estenderam uma toalha de crochê, com figuras de centauros. As setas grossas, no tronco do santo, parecem atravessá-lo, cravar-se firmes em Joana. Por trás, numa fila torta, cantando em altas vozes, com velas acesas, muitas mulheres. A noite de dezembro não caiu de todo, alguma luz diurna resta no ar. Posso ver que os olhos de Joana são azuis e grandes; e que seu rosto, embora desfigurado, pois ela ainda está convalescente, difere de todos que encontrei, firme e delicado a um tempo. Adaga de cristal. Mesmo eu, que não estou há muito na cidade, soube de sua doença. Meio cega, ausente das coisas, febril, as pernas mortas. A mãe fez promessa, caso ela se curasse: procissão com velas, andando pelas ruas. Assim, na breve duração desse olhar, o primeiro que trocamos, e já unindo-nos com tudo que isto implica, vejo apenas em Joana Carolina a adolescente arrancada à imobilidade e à cegueira por obra de um milagre, para vir ao meu encontro com seus claros pés e descobrir-me. Tenho, ignorante que sou, uma sensação de agraciado, certo de que nessa jovem triplamente iluminada — pelo sol da tarde, pelas chamas das velas, pelo meu êxtase — e em quem a enfermidade, mais do que uma pena, foi um desígnio para resguardá-la até que emergisse, das entranhas do tempo, este minuto, residem as venturas da vida e que, ligando-me a ela, aposso-me de grandezas que não entenderei e que nem sequer adivinho. Arpoado em minhas profundezas pelo seu olhar, ofereço-me com a máxima candura, imaginando que este brio de súbito gerado em meu espírito pode comprar a paz e o júbilo. Desconheço que esta flecha lançada ao som do hino solto pelas mulheres é semente cujos frutos ninguém pode antever e que as alegrias serão quase nenhumas ante os sofrimentos, as depredações em nossas vidas, sobretudo na existência de Joana, minha vítima.

QUARTO MISTÉRIO

Verdor das folhagens, sol das artérias, manto invisível da terra. Atiçador de incêndios, voz dos moinhos, remo de veleiros algumas vezes quebrado pelas calmarias, caminho sem princípio nem margem de todos os bichos voantes — morcegos, mariposas, aves de pequena ou grande envergadura. Revolvedor de oceanos, cólera dos redemunhos, dos furacões, dos vendavais, dos tornados. Zagal de mastodontes, de dinossauros, de renas gigantescas, guiados em bandos sobre pastagens azuis e cujos ossos, cujo couro e chifres se convertem em chuva, em arco-íris.

Nosso pai gostava de animais. Ensinou um galo-de-campina a montar no dorso de uma cabra chamada Gedáblia, esporeando-a com silvos breves. Eu e Nô apanharemos essa inclinação e, de certo modo, por causa disto é que, daqui a anos, quando nossa mãe, ele já morto, estiver penando no Engenho Serra Grande, partiremos no mundo à procura de emprego, deixando-a com Teófanes e Laura, nossos irmãos mais novos, ainda não nascidos. Depois a tiraremos do Engenho, de volta para a cidade. Por agora somos dois meninos deitados em folhas de bananeira, nossa mãe curvada sobre nós, atiçando o fogareiro com alfazema. Um odor nauseante empesta a casa inteira, odor de nossos corpos ulcerados. Maria do Carmo, nossa única irmã, morreu há dois dias, o décimo do ano. Fazia calor, esse calor de janeiro que nos sufoca a todos, ela pedia água. Morreu com sede. Nosso pai, com o pássaro e Gedáblia tenta distrair-nos, fazendo com que o galo-de-campina cavalgue a cabra em torno de nossos leitos de folhas, sem que porém lhe demos atenção. Condutor de trem, vive sempre fora. Em suas horas de folga nos leva para o mato, pega passarinhos, tenta domesticá-los. Ganha pouco. Para ajudá-lo, nossa mãe instalou, perto da estação, um hotelzinho onde comem outros funcionários da estrada. Mas quem quer saber de sentar-se à mesa de um hotel com essa epidemia, as bexigas matando, escalavrando a pele dos que conseguem curar-se? Mesmo que houvesse fregueses, nossa mãe não abriria o hotel. Faz uma semana que não dorme, velando noite e dia à nossa cabeceira e sem ter onde pedir socorro. Quase todas as portas estão aferrolhadas, mal ouvimos passos, ou pregões, riso algum. Mergulhamos num silêncio pontilhado de gritos e meus sonhos são povoados de ameaçadoras cabras que me pisam e de grandes pássaros de cabeça vermelha, que voam sobre mim e arrancam-me pedaços. Nem por isto virei a odiar aves e cabras. O senhor do Engenho Serra Grande terá ciúmes de seu laranjal. Na tristeza daqueles dias futuros, onde a comida será ainda menos abundante do que hoje, quando já não muita, minha alegria e a de Nô vai ser como a de nosso pai: caçar passarinhos novos, criá-los junto do fogo, amestrá-los. Nossa vingança da vida, bicho indomesticável. O senhor do Engenho nos surpreenderá dentro do seu pomar. Nos pássaros implumes em nossas mãos verá laranjas, irá queixar-se irado à nossa mãe. Então ela nos mandará embora, procuraremos emprego e um dia viremos buscá-la, orgulhosos de nós. A bexiga, em Nô, é mais terrível que em mim. Entortará seu braço, o esquerdo, durante muito tempo. Nossa mãe, todos os dias, dar-lhe-á massagens com sebo de carneiro, todos os dias, pacientemente, sem faltar um dia, até que ele poderá mover de novo o braço, roubar comigo pássaros novos, e depois trabalhar, até que levaremos nossa mãe, trar-lhe-emos um pouco da paz e da segurança que nosso pai, sem jamais conseguir, quis dar-lhe.

QUINTO MISTÉRIO

A lenta rotação da água, em torno de sua vária natureza. Sua oscilação entre a paz dos copos e as inundações. Talvez seja um mineral; ou um ser mitológico; ou uma planta, um liame, enredando continentes, ilhas. Pode ser um bicho, peixe imenso, que tragou escuridões e abismos, com todas as conchas, anêmonas, delfins, baleias e tesouros naufragados. Desejaria ter, talvez, a definição das pedras; e nunca se define. Invisível. Visível. Trespassável. Dura. Inimiga. Amiga. Existem os ciclones, as trombas marinhas. Golpes de barbatanas? E também as nuvens, frutos que, maduros, tombam em chuvas. O peixe as absorve e cresce. Então este peixe, verde e ramal, de prata e sal, dele próprio se nutre? Bebe a sua própria sede? Come sua fome? Nada em si mesmo? Não saberemos jamais sobre esse ente fugidio, lustral, obscuro, claro e avassalador. Tenho-o nos meus olhos, dentro das pupilas. Não sei portanto se o vejo; se é ele que se vê.

Vi nesse moço, quando me pediu a mão de Joana, o ☉traço da morte. O aviso. O sinal. Tentei demovê-lo. Éramos gente sem posse, de poucas letras. "Não tem importância. Desde que vi sua filha, na procissão... Desculpe, mas desde aquela hora imagino-a como esposa. Quero tanto protegê-la!" "O senhor se engana, ela é que vai protegê-lo." "Eu trabalho. Sou ferroviário. Terei promoções." "Como é sua graça?" "Jerônimo José." "Senhor Jerônimo, desculpe que lhe diga: tenho visto poucos homens tão franzinos. Não digo no corpo. É por dentro. Feito para trabalhar de ourives. Ou de imaginário, ficar sentado em si, fazendo nossas-senhoras, meninos jesuses. Gosta de leituras?" "Leio muito." Não tinha pai, nem mãe. Desatou em pranto, me apertando os dedos, como se eu houvesse descoberto as fraquezas que ele mais tentasse esconder. Sempre fui mulher dura. Tenho duas torres na cabeça, sou a esposa, a Igreja, a terrena, a que se polui, a que pare os filhos, a que transforma em leite o próprio sangue, a frágil. Não é assim que diz a liturgia?

Pois se sou fraca tenho de ser de pedra. Sou de pedra; mas também chorei. "Joana casará com você, meu filho. (Foi assim que o chamei.) Não tenha acanhamento de suas qualidades de menino. Sua fraqueza, a ignorância das coisas. As iluminações que os outros, quase todos, acham de louco. Isso também são valores." Nos outros pedidos, não me comovi: eram homens grosseiros. Mas o espírito, a presença de um espírito sempre haverá de perturbar-me. As idas e vindas desse pobre rapaz, para montar sua casa! Quatro cadeiras trazidas de Natã; um candeeiro comprado no Recife; um urinol ganho de presente; dois enfeites ganhos numa barraca de prendas; o broche de gravata vendido para as últimas despesas. Tudo para viver esses dez anos, até morrer de repente, com oito mil-réis no bolso e mais alguns vinténs pelas gavetas. Devia ser enterrado num caixão azul, feito os meninos pequenos. Tão bom que muitas vezes maldei se Joana sentia mesmo prazer, prazer de mulher, em deitar-se com ele, tão diferente do varão que esposei e que parecia andar no mundo só para aprender artes noturnas, ou amadurecendo a carne em banhos de rio, em dormidas ao ar livre, de modo que eu cedia sempre à sua ordem, me abria igual ao Mar Vermelho diante de Moisés — sabendo que em nove meses teria mais um filho com boca e intestinos, e nenhum níquel a mais — e ele me atravessava com as suas hostes de fogo e de alegria, desfraldadas nos mastros as bandeiras mais vivas. Essa pode ser a razão de minhas outras filhas viverem tão nos sombrios, Suzana envenenada de luxúria, Filomena aduncando o nariz e as unhas na avareza, Lucina irada com todos, até contra mim. João Sebastião, errante mas sem calço nas ações deve ser obra do pai, um seu reflexo. Mas por que pões, Totônia, em origens tão vagas, as deficiências de teus filhos? Por que hão de nascer numa tendência da carne, sobre a qual no fim de contas ninguém tem governo, e não no teu modo habitual de agir, na tua falta de pulso, aqueles erros tão graves? Ainda que te enganes, que sejas severa contigo, deves crer que os erros de teus filhos são filhos de teus erros, mas sem que isto confranja tua alma, pois é humilde, Totônia, crer-se capaz de erros — e soberbo ter que os enganos e falhas sempre são para os outros. Mesmo que hajas perdido, no amestramento de seus filhos, o rumo e o norte, não será esta Joana recompensa? Vê sua firmeza. Bem podia estar de braços levantados, acusando-se, acusando os tempos, querendo refazer o que só uma vez pode ser feito, ou temerosa, ou desacordada. Ela não faz da dor um estandarte, guarda-a como um segredo. Nos socavões da alma. Não quer apagar o sol, que entra pela janela; nem silenciar os tambores, os bombos, os violões, as flautas e os ganzás que andam pelas ruas, neste domingo de Carnaval; nem pensa que seria melhor outro dia para a morte. Sabe que dia algum é melhor que os outros para a desgraça; que o homem vê o sol, mas não o sol aos homens; e que as pessoas, quando felizes, têm direito às suas alegrias, pois cada qual há seus dias de lágrimas e o pranto de um nem sempre é o de todos. E quem, mais do que Joana, poderia esquecer, varrer da mente, por hoje, essas verdades? Podia dizer-me que se tivesse ido, quando o marido chamou-a, para Belém do Pará, ele estaria vivo. Estranho! Esse moço, tão delicado, tinha rompantes largos, gestos inesperados, como se escondesse uma asa decidida, pronta a voar por ele, quando preciso. Os ingleses da estrada queriam e exigiam que fechasse o hotel, subsídio indigno de um condutor de segunda. Digno, para os gringos, era ter um ordenado de manco e passar fome. "Ou fecha o hotel, ou é demitido." Perdeu o emprego, comprou duas latas de querosene, derramou-as em dois vagões da linha, incendiou-os, partiu para Belém, meteu-se a rábula, conseguiu um lugar de juiz no interior, escreveu a Joana, dizendo que fosse. Perguntou-me se eu ia. "Ir como? Velha como estou, quase setenta anos? Nesta idade, a única viagem que ainda hei de fazer é para o cemitério, se Deus me der a graça de não morrer queimada ou afogada numa dessas enchentes que levam até os bois e as cumeeiras. Mas você deve ir." Recusou-se. Dos filhos, era só quem restava, os outros não me serviam. Me visitava, ia à missa comigo, fazia-me passar os domingos com ela, até me dava presentes: um alguidar, uma ou duas dúzias de alfinetes, um canário ensinado por Jerônimo. Era o arrimo. A mão de força. A fonte das alegrias. O contrário da solidão. Ele entendeu, não se queixou e veio. Joana lhe pediu desculpas. Resposta: "Foi erro meu te chamar. A oportunidade era boa, me tentou. Muitos podem achar que você devia ir. Mas nem sempre a casa é onde está o marido; a casa é onde está a paz de consciência." Mostrou-me seus novos livros de lei e uma caixinha com estampilhas. Foi processado pela *Great-Western* como incendiário, defendeu-se, ganhou a questão. Tinha coragem, mas não para jogá-la por aí, aos montes; tinha para o gasto. Assim, quando lhe explicaram, no Engenho da Barra, em que pé estavam os ânimos entre os Barnabós e a família Câmara, que o havia chamado para advogar numa pendência de terras, decidiu voltar na mesma hora. "Qualquer advogado que assumir a questão leva um balaço. E depois, você sabe: também os Câmaras não são flor que se cheire. Numa briga entre demônios existe algum com razão? Todos, ali, estão fora da justiça. Digo mais, sendo você não me demorava. Punha a cabeça do cavalo no lugar da cauda e voltava para casa. É uma gente muito dada a tocaias." Quando passou a perna no cavalo, sentiu a dor no peito e achou que ia morrer. A morte é igualmente propensa a acabar com os outros na tocaia. O cavalo é a prova do que foi a viagem deste meu genro. "Joana, vim para morrer em casa." Os cascos do cavalo caíram como cacos. Jerônimo deitou-se na rede, pediu um chá, juntou os cinco filhos. A água estava fervendo, Joana trouxe a bebida, quente a ponto de queimar os beiços do doente. Ele nem bebeu toda a xícara. Não é, da parte de Joana, para desesperar? Em vez disso, corta o pão da merenda para os cinco filhos, dois à sua esquerda, os outros à direita. Pela janela, mascarados contemplam o morto no caixão, uma das máscaras com o banjo sobre o peito; o cavalo repousa, é todo veias, tem olhos roxos, patas sangrentas; dois visitantes de cada lado, dois anjos, dois castiçais, estou com um braço pendido, outro estendido, a mão pousada na fronte de Jerônimo; sobrevoa-nos um dos pássaros que ele domesticou e que, havendo fugido, voltará pela janela ao entardecer e pousará em silêncio sobre as chinelas de Joana.

SEXTO MISTÉRIO

— Que faz o homem, em sua necessidade?
— Vara e dilacera. Mata as onças na água, os gaviões na mata, as baleias no ar.
— Que inventa e usa, em tais impossíveis?
— Artimanha e olho, braço e baraço, trompas e cavalos, gavião, silêncio, aço, cautela, matilha e explosão.
— Não tem compaixão?
— Não. Tem majestade.
— Com necessidade?
— É sua condição.
— Acha sempre a caça? A pesca? Com sua rede escu-

ra, sua flecha clara, seu anzol de fogo, seu duro arcabuz, descobre sempre o animal no vôo, na sombra, no abismo?

— Não todas as vezes. E no fim lhe sucede ser executado.

— Por qual maior algoz?

— A Morte, que devora, com seu frio dente, pesca e pescadores, caça e caçadores.

Pareço-me bem mais com o diabo, do que com gente. *Vade retro*. Não era assim que me achavam as mulheres. Vara de pescar no ombro, feixe de peixes na mão, olho para Joana com o olho de ver fundo de rio. Barba pontuda, abas do chapéu levantadas de um lado e outro da cabeça, a modo de chifres. Aterrador, um mau. Eu não era assim. Tomava banho no poço, com sabão, meu chapéu era alvo, quebrado nos olhos, usava suíças, gostava de caçar, não de pescar. Às mulheres me achegava de manso, meu fraco eram as viúvas e as casadas, nunca me aproveitei de inocentes; as donzelas comigo estavam seguras e não houve um só filho que eu não protegesse. Por isso arruinei-me, joguei fora tudo que meu pai juntou; e dos vinte e dois filhos que registrei com o meu nome, de dezoito mulheres diferentes, nenhum, depois de grande, me reconheceu como pai. Viam-me, decerto, como nunca fui: barbas de bode, cascos, cheiro de enxofre. Joana, a professora, me afasta com a régua e a palmatória na mão, fazendo com os dois instrumentos uma espécie de compasso aberto; o outro braço protege os cinco filhos. Nô, o vivaz; Álvaro, o inteligente; Teófanes, o conformado; Laura, a concentrada; Maria do Carmo, a segunda com esse nome, e que também há de morrer criança. Bobagem de meu pai, coisas de velho, aceitar professora em nossas terras. Para ensinar a esses desgraçados? Enfim, como era o município que pagava, só nos cabendo ceder uma casa à professora... Ela viajava seis léguas por mês, três de ida e outras três de volta, para receber o ordenado. Quanta gente miserável neste mundo! Largar-se da sua casa, com uma fieira de filhos, para ensinar de sete às duas da tarde, sem comer um biscoito, metendo letras e algarismos em trinta e tantas cabeças de quartaus. Para, no fim, um deles escrever no quadro-negro a paga, a recompensa: "A professora é uma cachorra." Chegou pela Semana Santa. A idade, não sei bem. Estava no seu março, no fim de seu verão. Mais de sete anos passou aqui em Serra Grande. Quando se foi, tinha envelhecido vinte: o rosto duro, queimado, sem a claridade anterior, os cabelos de ouro descorados, a espinha curva e perdera alguns dentes. Mesmo assim, olhando-a, eu me sentia às vezes perturbado. Vinha, de dentro dela, uma serenidade como a que descobrimos nas imagens de santo, as mais grosseiras. Um som de eternidade. Tenho a consciência tranqüila: para deitar-me com ela, fiz o que se pode. Não foi fácil, levei mais de ano para a primeira investida. Ela possuía um anteparo que tive de vencer aos poucos, um resguardo invisível, de compostura e silêncio, um zimbório de força, realeza. Olhava-me de frente, com seus olhos azuis, severos como os de um senhor. Instalei-a bem, na melhor casa, perto da senzala. Porta larga, uma janela de frente, outra de lado, sala grande para as aulas inúteis; o corredor servia de cozinha. Não eram bons os quartos; cavernosos, escuros, tinha-se de descer alguns degraus para chegar até eles; mas serviam; Joana dormia no primeiro com as filhas, os meninos pousavam no segundo. A janela do lado olhava para a horta de cacau, onde eu podia vê-la durante as lições, e ser visto por ela. Nunca houve horta mais tratada. Poli o chão com as botas; com a sombra indo e vindo, acho que dei lustro nos troncos. Ela podia olhar ao menos para a horta; mas não, era como se a janela não existisse. À tarde, desaparecia; com certeza estava pelo corredor, preparando as comidas para o dia seguinte. Com a boca da noite, fechava tudo, ia fazer crochê. Nunca me pediu um grão de milho, uma folha de capim. Como podia viver? Multiplicava os pães, os peixes? Absurda mulher. Nunca entendi suas contas, ela possuía o dom da multiplicação. Eu também, a meu modo: nesse ano, me nasceram dois filhos. Mas eu queria ter um era de Joana. Passei a buscar mulheres parecidas com ela, não achava, espalhei minha intenção (falsa) de casar com pessoa instruída. Continuei sem ser olhado na horta de cacau. Resolvi ir às falas com a viúva. Recebeu-me bem: viu-me afogueado, ofereceu-me água, ou um café. Como iria eu pegar num copo, ou numa xícara, se minhas mãos tremiam? Não pronunciei uma palavra das que preparara. Tinha um anzol na língua, fiquei mudo, um peixe. Meu pai nunca foi desfeiteado em cima de um cavalo meio-sangue, que adquiriu na Bahia; em cima de outros cavalos ou no chão, sua autoridade era menor. Há coisas assim, que apoiam as pessoas. Decidi transferi-la para uma casa maior, onde suas escoras talvez ficassem mais frouxas. "A senhora se muda esta semana mesmo. Vou botar isto abaixo, o ponto é bom pra fazer um barracão. Preciso aumentar minhas rendas. Tenho errado muito, vou acertar minha vida, constituir família." "O senhor já tem tantas! Mais uma não faz diferença." Fingi-me de surdo, saí de orelhas queimando, mandei derrubar tudo, varrer de minha frente a janela da qual jamais fui visto. Nada ergui no lugar. A casa para onde mudei Joana, com a escola e os filhos, era uma babilônia. Fôra dividida: parte era uma destilaria. Mesmo assim, um grito solto na sala, chegava apagado à cozinha. Paredes úmidas, telhado alto, quartos descomunais, onde caberiam seis camas de casal e algumas cômodas, e onde em certas noites era preciso acender um fogareiro, para não morrer de frio. Aí, duma só vez, adoeceram seus filhos, todos, a pequena morreu. Sua mãe, que de tempos em tempos vinha lhe fazer uma visita, morreu também aí. Nada abalou a mulher. Levei três anos e meio rondando aquela casa, para um dia perder a paciência e entrar de porta adentro e perguntar-lhe, prometendo mundos e fundos, se queria amigar-se comigo. Não me respondeu. Fitou-me dentro dos olhos com seu olhar severo. "Responde ou não? Fala. Você é de quê? De madeira? De pedra?" O olhar continuava. Decidi agarrá-la duma vez, queria ver em que ficava sua altanaria. Dei por mim andando no canavial, como se um ente invisível me houvesse arrebatado. Esse ente, sem dúvida, era o meu opróbrio. Vieram as Santas Missões. Confessei-me, batizei os oito filhos que me haviam nascido naqueles cinco anos, resolvi tomar o caminho da justiça, tirei a professora daquele casarão, coloquei-a numa velha estrebaria. Divisões com empanadas faziam as vezes de quartos. Assediei-a só para humilhá-la, para destruir seu orgulho, nada consegui. É verdade que não lhe falei, nunca mais, em deitar-se comigo. Reclamava, fazia-lhe censuras, insultava-a, insistia nos males da soberba. Sua resposta, uma vez: "O senhor não deixa de ter certa sabedoria: fala do que conhece." Decidi propor-lhe casamento. Não tive boca para dizer-lhe as palavras, nem mesmo quando soube que estava de partida. Tive-lhe ódio, durante alguns anos. Emprenhava as mulheres e detestava os filhos que nasciam, porque nenhum era *seu*. Com o tempo, o ódio foi passando, veio uma espécie de enlevo, talvez de gratidão. Acabei achando que Joana Carolina foi minha transcendência, meu quinhão de espanto numa vida tão pobre de mistério.

SÉTIMO MISTÉRIO

Os que fiam e tecem unem e ordenam materiais dispersos que, de outro modo, seriam vãos ou quase. Pertencem à mesma linhagem **FIANDEIRA CARNEIRO FUSO LÃ** dos geômetras, estabelecem leis e pontos de união para o desuno. Antes do fuso, da roca, do tear, das invenções destinadas a estender **LÃ LINHO CASULO ALGODÃO LÃ** os fios e cruzá-los, o algodão, a seda, era como se ainda estivés- **TECEDEIRA URDIDURA TEAR LÃ** sem imersos no limbo, nas trevas do informe. É o apelo à ordem que os traz à claridade, transforma-os em obras, portanto em objetos humanos, iluminados pelo espírito do homem. Não é por ser-nos úteis **LÃ TRAMA CROCHÊ DESENHO LÃ** que o burel ou o linho representam uma vitória do nosso engenho; sim por serem tecidos, por cantar neles uma ordem, o sereno, o firme **TAPECEIRA BASTIDOR ROCA LÃ**e rigoroso enlace da urdidura, das linhas enredadas. Assim é que suas expressões mais nobres são aquelas em que, com ainda maior discipli-**LÃ COSER AGULHA CAPUCHO LÃ** na, floresce o ornamento: no crochê, no tapete, no brocado. Então, é **FIANDEIRA CARNEIRO FUSO LÃ** como se por uma espécie de alquimia, de álgebra, de mágica, algodoais e carneiros, casulos, campos de linho, novamente surgissem, com **LÃ TRAMA CASULO CAPUCHO LÃ** uma vida menos rebelde, porém mais perdurável.

◯ Não tínhamos sequer regador. Minha mãe, curvada, nos dá um clister de pimenta dágua, com bexiga de boi e canudo de carrapateira, untado com banha de porco. A doença era febre, o corpo cheio de manchas. Comíamos pouco, sempre estávamos propensos a cair de cama. Antes, foi a tosse convulsa. Tossíamos todos, o couro de Álvaro estourou abaixo do ouvido. Foi quem mais sofreu. Tomou duas almotolias de óleo de fígado, duas colheres por dia, meia laranja após a colherada. Gostava de laranjas, queria chupar uma inteira, mamãe não deixava: saía muito caro. Tudo era pela metade. Meia laranja, meio pão, meia banana, meio copo de leite, meio ovo, um sapato no pé e outro guardado. Só calçávamos os dois quando ela nos levava à cidade, para receber seu ordenado, três léguas para ir e três para voltar. Esse caminho durante quase oito anos, jamais a cavalo ou em carro de boi, ou num jumento. Todas as vezes a pé. No princípio, falava com as pessoas de influência. Dessem-lhe uma cadeira menos afastada. Era longe demais e sem condução. Não podia vir com os cinco filhos, trazia um, ou dois, ou três, os outros ficavam lá, isto lhe dava cuidados. Franziam a testa, mexiam com os ombros. Tivesse paciência. Quando fosse possível... Nunca foi possível. Mamãe levou uns três anos sem insistir no pedido, indo todos os meses à cidade. Muitas ladeiras, trechos desertos; pedaços onde não se escutava nem mesmo um latido de cão; estiradas de areia, que fatigavam mais do que as ladeiras; uma extensão cheia de pedrinhas rolantes, brilhando à flor do solo e que feriam os pés. Cobríamos, no verão, as cabeças com chapéus de palha. Que braço agüentaria sustentar aquele tempo todo uma sombrinha, por leve que fosse? Os chapéus só evitavam que nos queimássemos demais na cara e no pescoço. E que nossos miolos não fervessem. Subia do chão — da areia, das pedrinhas — um bafo ardente, difícil de engolir e que fazia indecisas as distâncias. Vagava por toda parte uma poeira torrada, parecendo de sal, tanta era a sede. E em certos quilômetros as árvores fugiam, debandavam, as únicas sombras sendo as de nossos chapéus. Ainda pior quando o inverno chegava. Os rios cheios nem sempre davam passagem. E às vezes não davam e nós passávamos, que grande era a necessidade. Ou os cruzávamos por sobre pontes desconjuntadas, com a água rugindo, lambendo nossos pés. Nô, um dia, quase foi chifrado por um touro morto, vindo na correnteza. Por assim dizer, tudo virava lama. A madeira das pontes ficava enlameada, as árvores, os rios eram massas barrentas que avançavam, e até as pedrinhas como se dissolviam, transformavam-se em lama. Então — havia outro jeito? — levávamos guarda-chuvas, segurávamos o cabo com as duas mãos trançadas, ficávamos de braços mortos. A ventania chegava na segunda metade dos invernos, plantação de crescimento rápido, brotando com as primeiras pancadas dágua. Rolava sem termo naquelas paragens. Doía nos ouvidos, entortava as varetas das sombrinhas, levar o pé adiante passava a ser difícil, coisa trabalhosa, todo caminho se inclinava em ladeira. E nunca sucedia encontrarmos homens de bem nas estradas: só nos deparávamos com bêbados. Mamãe tinha medo, estou certa de quê. Tinha de ter medo, sei. Nunca demonstrou, salvo uma vez. Tínhamos ido apenas eu e ela. Chegáramos, como em geral, ao cair da noite. Mamãe dormiu, recebeu seu dinheiro, vendeu uns trabalhos de agulha; quando cuidou em si, já era tarde para voltar. Decidiu ficar mais uma noite, partir pela madrugada. Enganou-se nas horas e sinais, pensou que a lua era a manhã chegando, despertou-me, tocamos para casa. Fora da cidade, vimos que um homem nos seguia. "Vai amanhecer." Não amanhecia. Por cima do ombro, mamãe observava o caminhante e apertava o passo: ele também; diminuía a passada: o desconhecido amolecia a sua; mamãe parava nas imediações de um sítio, de um estábulo sempre de olho no vulto, fingindo que a viagem acabara: o seguidor imobilizava-se; descemos quase correndo uma ladeira: quando olhamos, vimos que a distância entre ele e nós duas pouco se alterara. Ela dizia: "Enganei-me de hora." Como quem diz: "Bebi do poço envenenado." Estávamos com o veneno da noite em nossos corpos, sem poder vomitá-lo, um veneno de erro, de abandono, de desproteção. Não encontrávamos ninguém na estrada — e o sujeito em nossos calcanhares. Assim todo o caminho, até chegarmos no engenho. Então, me tomou nos braços e abalou. Gritava pelos filhos, com ânimo, como quem brande uma arma: eram nomes de homem. As primeiras claridades do dia assomavam nos serrotes. Nô veio abrir de candeeiro na mão, ela entrou com tal ímpeto que o atropelou, a manga de vidro saltou entre nós três, fez-se em pedaços no chão. Fechada a porta, sentou-se, pediu um copo dágua. Tremia da cabeça aos pés. Alegria e fartura só conhecíamos quando minha avó Totônia vinha da cidade, para uns dias. Não que fosse alegre. Severa, poucas palavras, contados sorrisos, a fronte meio baixa, com um jeito de bode que prepara a marrada. Que outro acontecimento, porém, haveríamos nós de festejar? Mamãe fazia bolos, doces, não precisava mandar que fôssemos para os coqueiros, dar as boas-vindas. Íamos os cinco, os meninos a pé, eu no carneiro, Maria do Carmo na ovelha. Quase nossos irmãos, esses dois bichos: falávamos com eles, vivíamos juntos e, quando o frio mais cru, dormiam em nossas camas. Éramos sete correndo para nossa avó Totônia, aos berros, quando ela apontava, de xale, bata, saia comprida, pé firme, o falar descansado, como se viesse de perto e não de longe. Chegaria, uma vez, para adoecer e morrer com poucos dias, quando ainda vagava pela casa o cheiro das comidas que mamãe fizera para alegrar sua vinda. Nesse tempo, éramos apenas eu, Téo e mamãe. Nô e Álvaro tinham ido embora, haviam conseguido emprego numa loja, começavam a vida; Maria do Carmo, Carminha, irmã querida, minha companhia verdadeira, porque mulher, morrera naquela doença cujo nome não soubemos. Nela é que mamãe está aplicando o clister, com a bexiga de boi na extremidade do canudo de carrapateira. Assemelha-se, minha irmãzinha, a um grotesco soprador de vidro. Sou eu a de tranças. Nô, Álvaro e Téo não aparecem. Mas estavam aí, amontoados conosco nessa peça, todos queimando de febre. Tínhamos sido obrigados a deixar a casa onde morávamos, ir para essa na mata: aí se isolavam os bexiguentos. Não tínhamos bexigas. Mas estávamos de cama, todos, com doença forte e que podia alastrar-se. Fôssemos. Fomos. Lá mesmo, entre as árvores, Carminha foi enterrada. Ouvi, em minha febre, mamãe fazer a cova. Os carneiros baliram muito tempo, um balir diferente, pesaroso — tive pesadelos nos quais eles baliam há sete anos. Nossa comida, durante todo o tempo da doença, foram bananas compridas com café. Havia na cidade um surto de bubônica, interdito ir lá, de modo que as lavagens de pimenta dágua foram toda nossa medicina. Vencida essa quadra, mamãe voltou a pedir um lugar mais perto da cidade, a ouvir as mesmas negativas. E assim outros anos se passaram, mês depois de mês, verões, invernos, um mês, depois outros, um ano, outros ainda, debaixo do sol, sob a ventania, mamãe cruzando com bêbados, correndo de cães doidos, de bois brabos fugidos do cercado, três léguas na ida, três léguas na volta, para receber a paga do trabalho feito durante um mês inteiro, de sete as duas, todos os dias, fora somente apenas os domingos. Alguns dizem: *O tempo da infância é um abril.* O meu foi um agosto ventoso e atormentado, que terminou quando veio, certo anoitecer, um negro com o rosto cheio de verrugas, trazendo uma carta. "A filha da senhora do Engenho Queimadas, depois de tanto tempo se lembrou de mim. Vão abrir uma escola, a mãe quer que eu vá ser a professora. Têm procurador na cidade, não preciso ir buscar meus vencimentos." As lágrimas saltavam dos cansados olhos de mamãe, moídos de fazer, todos aqueles anos, toalhas de crochê à luz do candeeiro, para vender na cidade. Só então confessou: "Eu tinha tanto medo de ir por essas sendas! E depois, cada vez me sinto mais cansada. Por mais que procure ser forte, as pernas já não querem. Parece mentira não ter mais que fazer essas viagens."

Pela única vez em toda sua vida, ergueu o punho, um punho incrivelmente frágil, numa revolta breve contra aquelas estradas cento e oitenta vezes percorridas. Como pudera esconder, tantos anos durante, seu pavor? O mesmo negro da cara verrugosa nos conduziu para o Engenho Queimadas. Fomos a cavalo, Téo num ruço, vibrando de alegria, eu e mãe num alazão. Nos limites do Engenho Serra Grande, num cabeço, ela se voltou. Abrangíamos, dali, canaviais e casas, o bueiro do engenho, a roda dágua, gente, burros, bodes, galinhas e cavalos, um pedaço da estrada tantas vezes refeita. Ouço-a dizer: "Sete anos, sete meses e sete dias morei neste inferno. Sete anos, sete meses e sete dias. Parece sentença escrita num livro." Ergueu a mão espalmada e passou-a diante da paisagem, com o mesmo gesto que fazia ao quadro-negro, apagando o que já fôra ensinado e aprendido. Para mim, tinham sido anos impios. Mas naquele instante, percebendo o fim de um ciclo e de um mundo, veio-me, do fundo das lembranças, uma pena. Era ladeando o cemitério, que entrávamos na cidade. Chegávamos aí, quase sempre, às seis, às sete horas. Eu tinha medo das cruzes e vinha com fome. Fechava os olhos, para não ver os túmulos, os fogos-fátuos, ia como um cego; e sentia, com o inteiro ser, o cheiro de café e pão que envolvia os casebres, e que também era para mim um cheiro de repouso, de trégua, de ruas, de segurança, luzes dentro das casas, o cheiro da viagem terminada. Tive saudade desses precários momentos. Avareza ou zelo da memória que, mesmo na adversidade, guarda em seus alforjes todo grão de bonança.

OITAVO MISTÉRIO

O massapê, a cana, a caiana, a roxa, a demerara, a fita, o engenho, a bica, o mel, a taxa, o alambique, a aguardente, o açúcar, o eito, o cassaco, o feitor, o cabo, o senhor, a soca, a ressoca, a planta, a replanta, o ancinho, o arado, o boi, o cavalo, o carro, o carreiro, a charrua, o sulco, o enxerto, o buraco, o inverno, o verão, a enchente, a seca, o estrume, o bagaço, o fogo, a capinação, a foice, o corte, o machado, o facão, a moagem, a moenda, a conta, o barracão, a cerca, o açude, a enxada, o rifle, a ajuda, o cambão, o cabra, o padrinho, o mandado, o mandão.

⊕ Totônia deitada, pálpebras descidas, as mãos sobre o lençol. A cabeça do Touro, com suas aspas recurvas, ocupa quase todo o quadrado da janela. Conduzindo uma bacia de estanho, inclino-me para a doente. Ao pé da cama (as três formando uma espécie de cruz florenciada) Lucina de joelhos, vestida de branco, Suzana às suas costas, de azul, com os punhos levantados e, no reverso do grupo, também ajoelhada, Filomena, de quem só os braços abertos, com as fofas mangas vermelhas, são visíveis. À esquerda, Joana Carolina, prostrada, toca o soalho com a fronte e as palmas das mãos. Pela porta aberta, Laura espreita-nos. Através das paredes, brilhando sobre o campo, o dia claro de maio e ondulações de terra, sobrelevadas por grandes pássaros brancos, as amáveis cabeças guarnecidas com um chifre, a claridade pesando em suas asas. Há o cavaleiro numa trilha, o menino sozinho e o carro com toldo, puxado por quatro bois, vermelha a junta do coice, roxa a da guia. O carreiro, no extremo da vara, leva uma bandeira negra. O cavaleiro é Nô e Álvaro, a chamado de Joana; o menino, Teófanes, sozinho, levando carta para o farmacêutico; no carro vamos nós, com a morta. Sua proposta, que contrariei, era aguardar aparecesse um vaqueiro, ou pelo menos um jovem, para escoltar nós duas. No meio do cercado, eu e ela sem árvores por perto, o Touro, inesperado, pulou do chão com seus chifres. Deitamo-nos, caras no solo estercado, protegendo as nucas, o Touro jogou longe sua bolsa, ficou tentando aspeá-la nas costelas, queria levantar-me, gritar, espavori-lo, não tinha voz, nem ânimo, nem pernas, apareceu o homem no cavalo, com chapéu e suíças, afugentou o boi, desceu, falou, sorriu e nos levou as duas pelo braço. Até o outro lado da cerca. Pensar que quase lhe beijei as unhas, sem saber que ele trazia dentro do gibão as bestas da maldade, com seus cascos ferrados, seus chifres pontudos! Nos quatro dias em que Totônia esteve à morte, a casa de Joana encheu-se. Só ele, a bem dizer, não apareceu. Ele e o pai que não tinha juízo, passava os dias no alpendre, de camisão, balançando-se na rede e areando tachos. O filho, se fosse outro, teria vindo, era o dono do Touro. Totônia, é certo, chegou como se nada houvesse, comeu os bolos de Joana, puxou a ladainha e o terço. Depois é que pegou a amolecer, ficar com um lado esquecido, embora não tivesse ferimentos. Mas estava na vista, ela se finava pelo que sofrera no cercado. Depois que lavei a defunta e pus-lhe o vestidinho melhor (estava cerzido na barra), Joana me chamou, deu-me as instruções. Totônia abominava a idéia de entregar a chão estranho os despojos, era preciso levar seu cadáver para casa e enterrá-la em meio a inscrições com nomes conhecidos, que ela em vida poderia ter escutado com desgosto, ou ódio, mas faziam parte de seu mundo. Joana pedia um carro de bois emprestado, ou alugado. O homem perguntou se eu era da família. "Pela cor da pele, o senhor vê que não." "Então vem a título de quê?" "De pessoa amiga. Na mesma bacia com que lavei a finada, dei o primeiro banho em todas os seus filhos." "Isso não é título. Diga à professora que venha ela mesma." Berrou, vendo-me ao lado de Joana, que eu ficasse de fora, não admitia negros na capela. Foi na capela, pegada à

Casa-Grande, que se fechou, batendo a porta com ostentação. Nem parecia o mesmo que nos salvara do Touro, devia estar num mau dia, foi o que pensei. Havia um silêncio! A rede no alpendre, o ranger dos ganchos, compassado, o arear vagaroso do pai, nos tachos de cobre. Eu afiava as ouças para o que se passava na capela. Não alcançava o senso de todo aquele aparato. Era preciso tanto para o que se pedia? Então, a calma se rompeu, eu escutei. As palavras do homem, o preço sem medida. Como podia ter coragem de fazer tão brutal exigência na frente dos santos? De Joana, aguardei os protestos, os gritos de cólera. Escutava apenas sua voz, que nem era chorosa, voz sem altos, palavra atrás de palavra, todas iguais. Depois o tom do homem foi baixando e o de Joana seguiu, inalterado. Veio uma pancada, pontapé no soalho ou murro numa porta, e toda voz cessou. Até que a do homem novamente se ergueu, retumbante e ao mesmo lamuriosa, gritando a condição. "É dizer não ou sim. E agora!" Joana ia responder. Eu talvez devesse ter ficado, entrado na ciência de tudo, arcado com o momento. No meio do cercado, o Touro à nossa frente, fiquei suspensa, sem chão nos pés, e desvendando em mim uma fraqueza cada vez maior, um desespero comendo-me. Senti o mesmo: dentro do silêncio, um qualquer monstro voltava para mim suas aspas de sombra. Não tive coragem de aguardar a resposta, corri para o alpendre, para junto do velho e de sua doidice, onde por um instante me senti segura. Joana apareceu, não lhe perguntei se o carro ia. O trajeto de volta sem trocar palavra, juntas só em corpo, as almas remotas; a casa cheia de povo e as irmãs em pranto, porém de bolsas fechadas; Joana sentada, olhos enxutos, fixos no chão, mãos entre os joelhos, eu à sua frente, duas horas, três, até um rumor penetrante, gemedor, vir, aproximar-se. Vi o toldo, a vara do carreiro, com o pano preto em cima. Joana disse: "Vamos levar nossa mãe. Ela vai descansar onde queria." "Por sua mãe, você fez o que pôde e o que não pôde. Deus lhe abençoe." Desaconselhei, quando mandou buscar remédios na cidade: "Não perca o dinheiro, esse mal é sem cura." "Como você sabe?" "É feito conhecer mulher da vida, ou homem que foi padre: um por-baixo, que a gente mais ouve do que vê." "Também acho que ela não escapa. Mas é uma lei minha, agir sempre como se o impossível não fosse." No quarto, a bacia nos braços, curvando-me sobre Totônia para um escalda-pés, praguejo contra o bruto animal que a destruiu e acho que, no mundo, como todos nós, ela viveu feito alguém no centro de boiadas em tropel, cercada por chifres, rasgada por chifres. No carro, levando-a morta e escutando o ranger das rodas de madeira nos eixos, penso diferente, tenho a impressão de ir, com ela, a caminho de Deus, numa carruagem puxada por bois com grandes asas, metade anjos, metade bois, bois-anjos, e que no mundo, vida e gente, e talvez até Deus são bois-anjos, e que, de tudo, temos de comer, com os mesmos dentes fracos, a parte de chifre, a parte de asa.

NONO MISTÉRIO

P A L A V	Duas vezes foi criado o mundo: quando passou do nada
R A C A P	para o existente; e quando, alçado a um plano mais sutil,
I T U L A	fez-se palavra. O caos, portanto, não cessou com o apare-
R P A L I	cimento do universo; mas quando a consciência do ho-
M P S E S	mem, nomeando o criado, recriando-o, portanto, separou,
T O C A L	ordenou, uniu. A palavra, porém, não é o símbolo ou
I G R A F	reflexo do que significa, função servil, e sim o seu espíri-
I A H I E	to, o sopro na argila. Uma coisa não existe realmente
R Ó G L I	enquanto não nomeada: então, investe-se da palavra que
F O P L U	a ilumina e, logrando identidade, adquire igualmente esta-
M A C Ó D	bilidade. Porque nenhum gêmeo é igual a outro; só o
I C E L I	nome **gêmeo** é realmente idêntico ao nome **gêmeo**. As-
V R O P E	sim, gêmea inumerável de si mesma, a palavra é o que
R G A M I	permanece, é o centro, é a invariante, não se contagiando
N H O A L	da flutuação que a circunda e salvando o expresso das
F A B E T	transformações que acabariam por negá-lo. Evocadora a
O P A P E	ponto de um lugar, um reino, jamais desaparecer de todo,
L P E D R	enquanto subsistir o nome que os designou (Byblos, Car-
A E S T I	thago, Suméria), a palavra, sendo o espírito do que — ain-
L E T E I	da que só imaginariamente — existe, permanece ainda, por
L U M I N	incorruptível, como o esplendor do que foi, podendo, mes-
U R A E S	mo transmigrada, mesmo esquecida, ser reintegrada em sua
C R I T A	original clareza. Distingue, fixa, ordena e recria: ei-la.

⊘ Nós dois de braços dados, as caras entrançadas, parecemos olhar, ao mesmo tempo, um para a outro e os dois para a frente. As nossas costas, de flanco, os pescoços cruzados, uma cauda para a esquerda e outra para a direita, brancas, largas, arrastando no chão feito vestidos de noiva, nossos dois cavalos. Brilhando sobre nós, duas estrelas, grandes e rubras. ⊘ Uma sobre a cabeça de Miguel: parece uma rosa. ○ Outra sobre a cabeça de Cristina: parece uma romã. ⊘ Somos os amantes, os fugitivos, os perseguidos, os encontrados, os salvos. Não sabíamos para que rumo seguir, que fim seria o nosso. Queríamos partir ao deus-dará, ser felizes nem que fosse um dia, dormir em algum lugar, não pensar na hora que estava para vir, embora sabendo haver alguém nos perseguindo, ○ homens do pai de Cristina, quantos não sabíamos, seguindo nosso rastro, decerto com fuzis. ∅ Não era provável que meu pai desse ordem a seus cabras para me matar; mas Miguel não seria perdoado. Fugir comigo, filha de Antônio Dias! ○ Pois é, fugir com ela, filha única do grande Antônio Dias, dono de três engenhos e que, tendo enviuvado, não casara outra vez para que toda a herança pertencesse a ela, sem divisão nem partilha! ∅ Não foi por isso, mas por sabedoria, mamãe era mulher de calibre; difícil encontrar, numa segunda esposa, suas qualidades. ○ Isso é você que diz, não o povo: Antônio Dias, com a terra daqueles três engenhos, quis enterrar sua vida, casar você com quem ele entendesse. ∅ Pois seja. ⦸ Porque se chamava Antônio, no dia 12 de junho reunia amigos e parentes, matava porcos, novilhos e perus, acendia fogueiras da altura de um cavalo, punha dezenas de homens de bacamarte na mão, disparando tiros para o ar, ∅ mandava fazer tachos de canjica, pamonhas, milho cozinhado, pé-de-moleque, sequilhos, suspiros, bolos de goma, soltava girândolas de cento e vinte foguetes, ⦸ fazia vir tonéis de vinho verde, trazia cantadores, soltava balões com os nomes do Santo e dos três engenhos bangüês, contratava os melhores sanfoneiros, o baile começava antes das sete, entrava pela noite, furava a madrugada, acabava dia claro. No fim de tudo, arreava do mastro a bandeira do seu padroeiro, acendia a última girândola e dormia vinte e quatro horas. Nesse entretempo, foi que nós fugimos. Disse a uma das negras que ia dar um passeio e, com a roupa da festa, montei no meu cavalo, fui ter com Miguel. ○ Esperei sem acreditar que ela fosse; e até pode ser que desejasse isto, que alguma dificuldade a impedisse de vir. Tinha meu sítio, minhas pequenas coisas; e embora tudo que eu desejasse no mundo fosse me unir, desse no que desse, a Ana Cristina, eu tinha medo, como todo homem, da grandeza, assustava-me com aquele espaço que de repente se abria para mim e que podia tragar-me em sua luz. ⌀ Senti esse pavor na rosto de Miguel, perguntei se queria desistir. Respondeu: "Mesmo se quisesse, agora já não podia. Sua beleza me arrasta." Não sei se minha beleza era capaz de arrastar alguém assim, porém aceitei suas palavras e senti em mim, em meu rosto, um resplendor, eu trazia em mim alguma coisa que movia um homem a desligar-se de sua segurança e lançar-se à aventura, erguer-se por cima de todas as horas mortas de sua vida e queimar, num minuto, a vã riqueza até então amealhada. Esporeei meu cavalo, segui à sua frente, ele gritou meu nome: "Você sabe o que faz?" "Não faça mais perguntas. De agora por diante, quero que tudo seja resposta." ⌀ Tocamos para adiante, um no encalço do outro. Voamos pelos campos, ganhando distância, confiados naquele sono do velho, mas sabendo que de um momento a outro poderiam acordá-lo, e que ele viria sem dificuldade atrás de nós com seus cabras, guiado pelos informes de todos que nos viam disparados, com o ar de fugidos da justiça. Não tardou muito que fossem à Casa-Grande, zelosos, situá-lo a par do sucedido. Não conseguiram fazer com que abrisse o olho antes das seis, quando, sendo o meio do ano e estando nublado, já era grande a sombra. Pensou que estava sonhando, era um pesadelo?, meteu a cara dentro dágua fria, pediu que lhe contassem a história de novo. "Toquem fogo no sítio e me selem seis cavalos." Deu o nome dos cabras que iriam com ele em nosso rastro, homens de ver uma pegada no vento, de seguir um bicho pela inhaca, virgens de perder a trilha de uma rês, por mais leve que fosse, e aos quais nem os ladrões de cavalos iludiam. Como poderíamos fugir-lhes? Já estava montado, quando resolveu: "Não vou. Não fica bem a um pai ir assim pelo mundo atrás de filha. Ela é que tem de vir." "E o homem?" "Com esse, vocês sabem o que fazem." Nessa hora, de Igaraçu a Afogados da Ingazeira, e de Coruripe a Flores, numa curva de rede que ia até Santana do Ipanema, caiu um temporal de fim de mundo, apagou os vestígios de nossa cavalgada. Íamos chegando a uma cidade morta, com árvores crescendo já no meio das ruas, ramos entrando nas portas e janelas. Era lugar ventoso e quase todos os tetos haviam desabado, dera caruncho nas vigas, as cumeeiras restantes cediam ao peso dos telhados. Havia sapos, lacraus e talvez cobras escondidas dentro das casas que apodreciam e que já começavam a tomar uma cor de terra e de folhagem. Gritamos e quando concluímos que éramos nós dois os únicos viventes em meio a tudo aquilo, seguindo (entre janelas tortas, paredes em ruínas e portas arrombadas) sobre os cavalos exaustos, subiu dos íntimos uma alegria maior que o sítio e os três engenhos juntos, maior que Pernambuco e Alagoas, maior do que a Bahia, e nós nos beijamos em cima das selas, tão abrasados de amor, que nossos corpos, como os dos cavalos, fumaçavam à chuva. Desapeamos, seguimos abraçados, puxando as montarias pelas rédeas, sem saber o que fazer de nós mesmos e de nossa ventura. Demos numa praça, onde havia a igreja. O portal cedeu, entramos com os cavalos, suas ferraduras tiniram no mosaico. Gritamos ainda, ninguém respondeu. Tiramos as roupas e logo nos conhecemos, sobre uma arca de pinho, enquanto os cavalos, famintos, parados ante a porta aberta, olhavam a noite cair. Se os havíamos trazido para dentro, não foi por desrespeito, por sacrilégio. Temíamos que os nossos seguidores, por eles, nos descobrissem. Mas não fizemos um gesto, nenhuma palavra dissemos para retê-los, quando — passada a chuva — saíram atrás de capim. Bem os vimos sair. Íamos, então, interromper os afagos, sair atrás deles e assim desdizer aquela pesada certeza, em nós nascida, de que nada no mundo poderia romper nosso aprazível abraço? E embora com fome, pois havíamos, na longa travessia, consumido nossos poucos víveres, ficamos no baú, entre dormindo e amando, os corpos machucados da viagem, doendo se nos virávamos, se nos separávamos. Quando, noite fechada, ouvimos as ferraduras na calçada da igreja, julgamos ser os rastejadores e acreditamos vinda nossa hora. A lua entrava pela porta aberta, alguns buracos e várias clarabóias. Abrimos a arca para aí nos escondermos; estava cheia de ossos humanos. Nisto, apareceram os cavalos, eram os nossos, decidimos prosseguir viagem. Ainda beijando-nos, vestimos as roupas molhadas. Antes de partir, ajoelhamo-nos, mãos dadas, frente ao altar dos Santos Cosme e Damião, ∅ ergui o rosto, exclamei: "Tomo este homem por meu marido, perante vós e Deus, não para um pedaço do sempre, mas para todo o sempre. Ele se chama Miguel." ○ Também levantei minha voz no silêncio, tomando as montarias por nossas testemunhas e tremendo da cabeça aos pés, pois tinha a impressão de que centenas de almas velhas assistiam ao casamento: "Tomo esta mulher que se chama Ana Cristina, sem nenhuma de suas posses terrenas, para minha esposa, por todos os sempres da vida." ⊘ Cada um fez o gesto de pôr no dedo do outro, um anel. Saímos pelas estradas à doida, na mão esquerda nossas alianças, visíveis e reais como o amor que nos guiava, ou nos desnorteava. Atravessamos rios, caímos em covos, trocamos de cavalos com um bando de ciganos, compramos roupas novas numa feira, por três vezes reconhecemos lugares onde antes houvéramos passado, dormimos na sela, no mato, embaixo de uma ponte, choramos abraçados. Nenhum de nós sabia para onde se tocava. Nosso destino, àquela hora, não era um rumo, um lugar, uma cidade, uma casa, nosso destino era ir. Pelo menos, assim pensávamos, até chegar, mais mortos do que vivos, ao Engenho Queimadas e bater à casa de Dona Joana Carolina, àquele tempo entrando em seu Inverno. Mal nos viu, devassou-nos, de modo que não precisamos contar-lhe nossa história. Austera, nos sorriu de dentro de seus olhos, nos acolheu, tomou as providências da hospitalidade. Quando nos fez perguntas, foi como se soubesse quase tudo: para quando esperávamos os seguidores, se viriam em bons termos ou de armas na mão. "Ignoramos." "A senhora do Engenho, aqui, tem o vezo de querer que todo mundo lhe visite, à noite, a pretexto de trocar conversas. A finalidade é debulhar seu milho e seu feijão. Tirante isto, é boa pessoa. Mas não contem com ela, nunca se mete em assuntos alheios." "E a senhora?" Perguntamos porque víamos, em sua pessoa, a marca da ajuda, ela era para nós alguém que nos aguardava, com as nossas efígies à mão, gravadas por quem nos conhecesse, para não haver engano. A resposta foi a que sonhávamos: "Vou fazer o que posso: também amei." Dormimos separados, em quartos contíguos, sorvendo inclusive com a boca um reconfortante odor de panos tersos. As fronhas tinham cheiro de laranjas. Despertamos rodeados de meninos, ansiosos por ver os fugitivos, os noivos, os arribados. O dia foi de nuvens, com chuvas finas. Pouco falávamos. Entregando-nos, sem resistência, ao sábio e vivido olhar de Joana, sem que essa entrada em nosso íntimo, em nossos muros, nos parecesse uma invasão, antes sendo como a disciplinada vinda de homens bem armados, amigos e sérios, para guarnecê-los. Ficávamos, com o passar das horas, mais cientes de nós, mais fortes. Às dez da noite, fechou-se em torno da casa o esperado tropel. Ficamos no próprio quarto de Joana, trancados com a menina e o rapaz, por sobre cujas cabeças nos fitávamos, acusando-nos intimamente de envolver aquela pobre família em nossa insensatez e ao mesmo tempo acreditando que, cegamente, fôramos guiados para a única pessoa no mundo com o merecimento de nos salvar. Joana fez o chefe desmontar, entrar, ponderou enérgica: "Essas duas crianças faz quase uma semana que andam pela terra, sustentados tão só pelo amor deles. Isso vale muito. Venho trabalhando há anos, sem ninguém por mim, para que meus filhos vinguem. Posso ver então essa moça obrigada a fugir, não levando, de tudo que possui, bens que caibam nem na concha da mão, atrás de um fervor, só porque o pai não quer ouvi-la? Isso é pai? Bem sei que o dinheiro tem valor. Porém maior é a misericórdia. De que serve a um homem ter gado e plantações, se não é capaz de tirar, do próprio coração, alguma grandeza?" Mais de duas horas esteve argumentando, até lograr, do chefe, a promessa de nos proteger e de só entregar-nos se fosse permitido nosso casamento. Na mesma hora, partimos. Os que haviam sido nossos perseguidores, eram agora amigos, nossos guardiões, e repetiam entre si, com um espanto que a madrugada engrandecia, as palavras de Joana. ∅ O brilho existente em certas obras humanas é duradouro, permanecendo como um halo, ainda quando já ninguém no mundo é capaz de reconstituí-las. O que Joana dissera, embora mal repetido, calou em meu pai. Ele encontrara, enfim, alguém que lhe falava do alto e com justiça, como sempre fizera minha mãe. ⊘ Na mesma hora marcou o casamento e, três dias mais tarde, fez uma carta pedindo a mão de Joana. Enviou-a por quatro portadores, queria dar realce à intenção. A breve resposta: "Nem dispondo de uma vida inteira, poderia fazer o senhor ou alguém alcançar até que ponto me clareia os dias, por mais escuros que sejam, o tempo já distante do meu casamento. Na verdade, havendo-me consagrado a meu esposo *pela vida inteira*, a ele permaneço fiel. Assim, muito me honra a sua proposta, amável e generosa. Ela significa, se eu a aceitasse, amparo e estabilidade pelo resto dos meus dias. Mas, então, o que seria de minha alma?"

DÉCIMO MISTÉRIO

As calotas polares, as áreas temperadas e o aro equatorial, exalando ainda o bafo das bigornas. Continentes e ilhas, acerados picos, planícies, cordilheiras, vales, dunas, falésias, promontórios. O que repousa, invisível, sob nossos passos: colunas, deuses esquecidos, pórticos, tíbias ancestrais, minérios, fósseis, impérios em silêncio. Terremotos, vulcões. O lodo, a relva, as flores, os arbustos, as árvores segrais, madeiras e frutos, a sombra das ramagens. Os bichos do chão. O rolar das estações, dentro de uma estação mais ampla, civilizações inteiras florescendo e morrendo em um só Outono gigantesco, em um só Inverno de milênios.

(Joana, serrote na mão, corta as pernas do banco onde o menino dorme, tendo sobre o peito um barco de papel azul. Sentado, agradece, com o rosto na sombra, oferecendo o barco a Joana.)

⌀ "Como se chamava esse menino?" ⌂ "Parece que Maximino. Ou Raimundo. Mas há quem fale em Glaura, ou Glória, quem há de saber?" ◊ "Para ter tantos nomes, devia roubar cavalos." ⊕ "Era uma criança e não andava, tinha um defeito nas pernas." ◊ "Quando o sujeito nasce aleijado, é Deus que põe um embaraço na maldade. Nunca vi um cego que prestasse." ☐ "Você diz essas coisas, porém não é mau. O que transborda na boca, sobrou no coração." (Andava, se ajudado. Passava os dias numa cadeira, à janela, olhando quem passava. Fazia embarcações de papel e seu nome era Jonas. Tinha quatorze anos, com aspecto de onze.) ⊘ "Joana ia sempre lá?" ⊕ "Vez por outra. Não ia sempre a lugar nenhum. Nesse dia, foi só para serrar o banco." ◊ "Esse aleijado não podia ter nada de mais, para merecer que alguém tivesse uma visão e fosse lá salvá-lo. Não era um santo, nem pai de família. Um inútil." ☐ "Talvez não fosse ele que Deus fez Joana salvar, e sim o criminoso, impedindo-o de assassinar um inocente." △ "O malfeitor vinha matar alguém, mandado por quem não se sabe. Tinha não sei quantas mortes." ⊕ "É capaz de ter sido mesmo a ele que Nosso Senhor quis salvar." (Foi no mês de Sant'Ana e chovia bastante naquela tarde. Assim, parece realmente estranho que Joana Carolina, embora não morasse longe, tenha ido à casa de Floripes. Ia visitá-la com freqüência, desde que soubera de suas desventuras: o engenho da mãe vendido em hasta pública, o casamento infeliz, após quatorze anos de noivado, o filho defeituoso. Não, entretanto, com mau tempo: neste caso, desde que novamente morava na cidade, graças a Nô e Álvaro, comprazia-se em ficar sentada no sofá, ouvindo a chuva. Ciente do que sucedera a Jonas, ficou alegre e não deu sinal de crer em iluminação, em aviso: "Cortei as pernas do banco porque tive medo. Jonas, caindo, podia ferir-se. O banco é estreito demais para servir de cama a um doente.") △ "A madrasta, ou tia, a mulher que vivia com a criança, foi morar com um primo, ou num asilo. Ou um sobrinho é que veio morar com ela." ⊕ "É inventada essa história de tia e de madrasta. O menino vivia com a mãe dele." ◊ "Imaginem só que mãe! Botar o filho pra dormir num banco."⊟ "Talvez ela dormisse no chão." ⊕ "Dormia numa esteira." ⌀ "Quem era?" △ "Vinha de não sei que família e, não se sabe como, viu-se na miséria." ◊ "Boa coisa não fez, pra terminar assim. Devia andar na gandaia, quando era moça. Vão ver que o menino era filho do irmão de Joana, o que levou sumiço. Certamente foi preso."△ "Ouvi dizer que João tinha casado não sei onde, com uma viúva não sei de quem, chamada não me lembro como. Um nome estrangeiro. E que essa viúva tinha não sei quantos contos de herança. Não estou bem certo se o João era outro ou esse mesmo." ◊ "Alguma polaca." ⊕ "Nem se casou, nem era dele o menino. A mulher chamava-se Floripes e era filha da antiga senhora do Engenho Queimadas. Nesse tempo, já estava com a voz e as costas de velha. Mas o rosto era bem moço ainda, e bonito."⊟ "A velhice é feito um caranguejo, não envelhecemos por igual. Ela vai estendendo, dentro de nós, suas patas. Às vezes, começa pela espinha, outras pelas pernas, outras pela cabeça. Em mim, começou pelos sonhos: dei para sonhar, quase todas as noites, com as pessoas de antanho." (Em Joana, esse caranguejo estendeu de uma vez as suas patas. Atacou-lhe os rins e o rosto, as articulações, os dentes e a memória, a digestão, a audição, o sono, arrancou-lhe quase todas as poucas amizades, levou Nô e Álvaro, mortos antes da mãe, arrebatou Suzana, Filomena, Lucina, atingiu-a de quase todos os modos possíveis. Mas Laura e Teófanes, casados, moravam perto e amparavam-na. Não lhe faltavam o pão, a carne, o leite, um par de sapatos no fim do ano, tinha seus pertences, não precisava mais de trabalhar. Ao contrário dos que se fixam no mal que lhes sucede, permanecendo insensíveis a toda espécie de bem, Joana, com o que lhe restara, contentava-se. Admitia haver bastante sofrido, acrescentando, com resignação, que a muita vida corresponde sempre muita pena e ser um desrespeito chorar, sobre o que temos de bom, o que perdemos.) ◊ "Há pessoas que morrem com ilusão de grandeza. Essa tal Floripes, só porque a mãe tinha sido o que foi, me disseram vivia de testa levantada para os que moravam com ela no cortiço." ⊕ "Era um casarão, não um cortiço. No quarto onde dormia com o menino, tinha uma porta fechada com pregos, dando para uma espécie de salão, onde se hospedava toda sorte de gente. Encostado a essa porta, é que dormia o menino. Sabem: criança mexe-se muito."◊ "Só quando tem vermes." ⊕ "O menino batia a noite inteira na porta, com os cotovelos." ∅ "E é certo que, quando a mãe morreu, essa Floripes, descobriu-se que ela conservava, guardados num caixote, diademas de ouro, broches de platina, voltas, brincos, pulseiras, caçoletas, coisas de valor?" ⌂ "Há quem diga que sim." (Guardara, a princípio, essas coisas consigo, por insegurança. Queria estar certa de, num caso de necessidade extrema, ter para onde apelar. Mas, ao mesmo tempo que falava sem cessar nos seus anos de fartura, achava que poderia suportar mais um pouco as muitas privações, até o dia em que, resolvendo vender uma das peças, não se animou a fazê-lo, temendo que imaginassem a existência das outras. Joana suspeitava de que havia essas jóias. E todas as suas conversas com Floripes giravam em torno da idéia de que, se não utilizamos nossas riquezas presentes, elas se tornam ainda mais distantes que todos os bens e vantagens do passado.) ◊ "Pobre menino. Vivia feito um réu, dormindo num banco, vão ver que sem travesseiro, por obra e graça da mãe. Essa criatura devia ter vendido esses ouros e tratado do filho. Avareza é uma peste." ⊟ "Cada qual sabe de si e Deus sabe de todos. Ninguém está sozinho. Veja o caso do banco. Foi mais importante, para o menino, do que ter saúde." ∅ "Mas terá sido verdade? Como foi que Joana pôde saber? Como adivinhou?" (Quando chovia, Jonas sofria, com as juntas doendo. Por isto é que Joana Carolina foi lá naquela tarde de inverno, levando o serrote consigo. Queria, de uma vez por todas, esclarecer o assunto do caixote que Floripes não abria, serrá-lo se preciso. Na hora, porém, faltou-lhe ânimo de enfrentar a conversa, e foi por isto que reduziu as pernas da banco.) ◊ "Só porque o menino batia na porta, um cristão meter bala. Que coisa! Atirar sem saber quem está do outro lado." ⌥ "O crime não era menor, se soubesse." (Foram quatro tiros, distando mais ou menos um palmo entre si, exatamente na altura em que estaria o menino, se não fosse a interferência de Joana.) ∅ "E esse desalmado, que fim levou?" ⌂ "Naquela altura, tinha não sei quantas mortes. Depois que soube do caso, do milagre, guardou as armas. Foi ser não sei o quê, não me recordo onde."

DÉCIMO PRIMEIRO MISTÉRIO

O que é, o que é? Leão de invisíveis dentes, de dente é feito e morde pela juba, pela cauda, pelo corpo inteiro. Não faz sombra no chão; e as sombras fogem se ele está presente, embora sejam, de tudo que existe, a só coisa que poupam sua ira e sua fome. A pele, mais quente que a dos ursos e camelos, e mesmo que a dos outros leões, aquece-nos de longe. Ao contrário dos outros animais, pode nascer sem pai, sem mãe: é filho, às vezes, de dois pedernais. Ainda que devore tudo, nada recusando a seus molares, caninos e incisivos, simboliza a vida. Domesticável se aprisionado, é irresistível quando solto e em bandos. Nada o enfurece mais que o vento.

✟ Na velha cama de ferro, a chama de seus anos prestes a extinguir-se, à mão direita um punhado de penas e à esquerda um galho seco de árvore, confessa-me seus pecados. Dois anjos velam, um sério, outro sorrindo. Sobre o telhado, galopam cavalos. Os ventos de agosto. Cavalos galopavam sobre as telhas. Ao meu lado, o óleo, o crucifixo, um limão aberto, um prato com seis flocos de algodão em rama. Vendo-me, segurou-me o braço. "Estou lembrando quando o senhor veio aqui pela última vez. Foi quase na hora da ceia. Estava pondo água no fogo, ia fazer café." Cultivo o hábito de esquecer. A um padre compete proteger-se da impregnação das coisas. E que outro bem humano existe mais insidioso que as lembranças, com seu dúplice caráter, trazendo-nos, ao mesmo tempo, a alegria da posse e defraudação da perda, sendo esta um reflexo daquela? Vede a advertência de São João da Cruz, para quem a memória será posta em Deus na medida em que a alma desembaraçá-la de coisas que, importantes embora, não são Deus. Como, porém, nesse sentido, chegar à perfeição? Às palavras de Joana, aquela tarde me subiu à garganta, espécie de golfada salitrosa, vômito salgado. A tarde de que me falava era uma paz vivida, inalcançável em qualquer de seus aspectos essenciais. Vi o passado como num espelho, Joana movendo-se além da lâmina de vidro, com seu fogo e sua melodia, mas não aquém: atrás de mim, ausência. Jamais haveria uma tarde semelhante, o Anjo da Morte estendia a mão a Joana. "Padre: tentei, minha vida inteira, viver na justiça. Terei conseguido?" "Sem dúvida." "Quem muito fala, muito erra. A gente pode se impedir de falar; mas não de viver. Vivi oitenta e seis anos. Devo ter cometido tantas faltas!" "Isso faz parte da nossa condição." "Sei." No prolongado silêncio, durante o qual sua mão continuava tensa no meu braço, repassava seus atos, todos de que se lembrava. Queria descobrir, dentre os que esboçara ou houvera consumado em sua longa vida, uma nódoa, um engano essencial, para confessar-me e assim não parecer soberba. "Padre, muitas vezes desejei matar." Dava a impressão de engrandecer-se, como se dependesse disto, dessa mentira expressa com esforço e timidez, sua absolvição. "Também devo ter feito injustiças. Devo ter feito. Já não me lembro quase de nada. Nem do mal que fiz, nem do que sofri. Tudo agora é quase de uma cor. Não é assim que fica o mundo, no..." Soltou-me o braço, fez um gesto com a mão, um gesto de apagar, que significava sem dúvida: "... no entardecer?" "Tenho medo, padre." Sua voz, perdidas as últimas inflexões, era um velho instrumento corroído, clarineta com líquens e teias de aranha. Custava-lhe unir as poucas palavras, tal como se as escrevesse. Afastou de mim os olhos, imobilizou-se, fitando as telhas, distante. Os cabelos brancos, muitos, espalhavam-se de um lado e outro de seu rosto sobre o travesseiro. Pensei que Joana Carolina ia afinal adormecer em Deus e rezei alto, com mais fervor. Então, através das rugas, dentre a cabeleira desfeita, eu a vi em sua juventude. Terá nossa alma o ensejo de escolher, dentre os inumeráveis aspectos que perdemos, o menos contrário à sua natureza, ou a que testemunhou nossos dias mais ricos, aqueles em que mais próximos estivemos da harmonia sempre desejada entre nosso poder e nossas obras? Terá sido esse rosto privilegiado, ressurgido de alguma distante plenitude, que contemplei com religiosidade e um grave terror? Continuavam intactas suas feições de velha, com os olhos amortecidos, as incontáveis carquilhas. Mas dentro desse rosto, que adquiriu de súbito uma transparência inexplicável, como se na verdade não existisse, fosse uma crosta de engano sobre a realidade não franqueada à contemplação ordinária, brilhava a face de Joana aos vinte e poucos anos, com uma flama, um arrebatamento e uma nobreza que pareciam desafiar a vida e suas garras — e eu pude ver aquela beleza secreta, já esquecida por todos os que outrora a haviam contemplado, e que sobrenadou então nas vésperas da morte, por uma graça, ante meus olhos dos quais por um segundo tombaram as escamas com que cruzamos a terra. No dia anterior, ela dividira entre os descendentes mais próximos o que julgava ser, em sua escala modesta, os bens, a herança: um cobertor com desenhos brancos e castanhos, cinco talheres de cabo trabalhado, duas toalhas de banho ainda não usadas, uma estatueta de gesso. Tendo vivido sempre na penúria, estes eram seus luxos. Não lhe ocorrera doar a cômoda a ninguém, o guarda-louça, as mesas, as cadeiras, móveis com que sempre vivera e que, incorporados à sua existência diária, não lhe pareciam constituir um valor, pelo menos um valor destacável de si mesma, e sim pertences de seu próprio ser, a ele nivelados e do mesmo modo insignificantes; enquanto que os talheres de aparência incomum, ou o cobertor com ramagens e leões, como não imaginara existir nos invernos em que seus filhos traziam os carneiros para a cama, deviam figurar-lhe suntuosos, desejados por todos na medida em que, dentro da sua pobreza, ela própria houvera, de esplendores tão sóbrios, carecido. Vendo-a (ou deveria dizer *vendo-as*, de tal modo eu tinha ante meus olhos dois seres diferentes, ambos reais e unificados só em meu espanto?), vendo-a embebida no clarão interior da imagem sobrevinda, mistério do espírito ou da carne, de um passado que ninguém ousaria imaginar tangível, pensei que ela guardara para mim, sem o saber, outra espécie de herança, o privilégio de ser a testemunha, em seu leito mortuário, daquela ressurreição fugaz, mais perturbadora que a dos mortos, volta de uma face à face em que se transformou, de uma juventude tragada pelo tempo e mesmo assim trespassando-o, livre, por um segundo, de suas entranhas soturnas. Quando a ungi com o santo óleo, já essa face pretérita esvaíra-se, subsistindo apenas seus resíduos, seu pó. Foi sobre os olhos, a boca, os ouvidos, o nariz arqueado de anciã, que invoquei a misericórdia de Deus. Mesmo assim, ao deixar aquela casa, não senti na alma o peso da velhice e da morte, que tantas vezes, até então — e mesmo depois — afetara meus silêncios de padre. Resplandecia, no âmago desses fenômenos, uma frase, uma palavra, um semblante, alguma coisa de completo e ao mesmo tempo de velado, como deve ser para um artista a forma anunciada, pressentida, ainda irrevelada, ainda inconquistada. Dentro de mim, enquanto me afastava de cabeça alta, Joana era uma chama. *Populus, qui ambulabat in tenebris, vidit lucem magnam.*

MISTÉRIO FINAL.

∞ O casario, as cruzes, aves e árvores, vacas e cavalos, a estrada, os cata-ventos, nós levando Joana para o cemitério. Nós, Montes-Arcos, Agostinhos, Ambrósios, Lucas, Atanásios, Ciprianos, Mesateus, Jerônimos, Joões Crisóstomos, Joões Orestes, nós. Chapéus na mão, rostos duros, mãos ásperas, roupas de brim, alpercatas de couro, nós, hortelões, feireiros, marchantes, carpinteiros, intermediários do negócio de gado, seleiros, vendedores de frutas e de pássaros, homens de meio de vida incerto e sem futuro, vamos conduzindo Joana para o cemitério, nós, os ninguéns da cidade, que sempre a ignoraram, os outros, gente do dinheiro e do poder. Joana, com seu melhor vestido (madressilvas brancas e folhagem sobre fundo cinza), os sapatos antigos mas ainda novos (andaram tão pouco), as meias frouxas nas pernas, o rosário com que rezou a vida inteira pelos que amou e pelos que a perseguiam. Ruas e telhados, muros, cruzes, árvores, cercas de avelós, barro vermelho. O mundo que foi seu e para o qual voltamos, de onde dentre nós alguns jamais saíram, terra onde comemos, fornicamos, praguejamos, suamos, somos destruídos, pensando em ir embora e sempre não indo, quem sabe lá por quê. Mulheres à janela, velhos nas calçadas, moças de braços dados, rapazes nas esquinas, crianças na praça (Áureos e Marias, Beneditos e Neusas, Chicos e Ofélias, Dalvas e Pedros, Elzas e Quintinos) vêem o enterro passar entre as casas de frontões azuis, verdes, vermelhos e amarelos. A manhã é a dos começos de setembro, fim de inverno, as árvores no auge do enfolhamento, e o céu dividido em duas estações, nuvens brancas de um lado, nimbos do outro, um rio azul e manso entre essas margens. Para terminar seus dias onde quase tudo, como para nós, foi parco, tornou-se muito difícil a Joana Carolina beber fosse o que fosse. Sonhava com fontes e bicas, e toda sua ambição nestes últimos dias reduziu-se a poder tomar um jarro dágua, sorvendo cada gole. Conformava-se em molhar os beiços e as gengivas com pedaços de algodão embebidos em leite. Agora, posto o vestido branco, verde e cinza que usava nas tardes de domingo, e envolvida no silêncio com que ficava sozinha, vamos levando-a para o cemitério. Não é o primeiro caixão que vai conosco, nem será o último, na alça de muitos já seguramos, mortos importantes ou pobres como nós, de Lagos a Ribeiros, de Rochas a Pedreiras, de Montes a Serras, de Barros a Berilos, porém nunca tivemos a impressão tão viva e tão perturbadora de que esta é a arca do Próximo Dilúvio, que as novas águas vingativas tombarão sobre nós quarenta dias e quarenta noites, afogando até as cobras e as traíras, e que somente Joana sobreviverá, para depois gerar com um gesto os seres que lhe aprouver: plantas, bichos, Javãs, Magogs, Togarmas, Asquenazes. Quantas vezes o mundo, para ela, foi estéril e cegante, uma cidade de sal, com casas de sal, fontes salgadas e avenidas de sal? Quantas vezes dar um passo à frente, viver mais um ano, um dia, um instante, foi como avançar sobre afiadas lâminas de faca? Quantas sua vida pareceu um rio nas primeiras chuvas, cheio de árvores arrancadas, de baronesas vindas de açudes e remansos, laçando pés e mãos, entrando pela boca? E sempre conseguiu entrever afinal por entre as malhas da cegueira, fincar os pés sobre o aço cortante, desenredar-se das águas, dos enleios. Vamos conduzindo-a para o cemitério, através dos grasnados e latidos, dos cantos de galo, roncos de porcos, mugidos, relinchos, vento nas mangueiras, aboio de meninos, gritos, cantar de lavadeiras. Perguntou à filha: "Em que mês estamos?" Desaparecera seu medo de morrer. Isto significava que a morte preparava o salto. "Em setembro? Então não está longe." Contou que duas moças muito semelhantes, vestidas de branco, descalças, suspensas no ar, ambas com o pé direito estendido, haviam-na chamado. Do pé, nascia longo caule vertical, com um lírio na ponta, enorme, boiando à altura de seus rostos. Entregaram-lhe um ramo de oliveira e um grande anzol de chumbo. "Vem, seremos três." Puseram um manto de arminho nos seus ombros. Rasgou o manto, plantou o ramo, ignorava o que fizera do anzol. Saíram as três correndo, através de túneis pedregosos. As moças eram leves, Joana mais pesada. Viram-se, de súbito, junto de um fogão. De pé, olhando-o em silêncio, os braços pendidos, Totônia parecia meditar. A dois palmos de sua velha cabeça, um pouco à esquerda e como que suspenso por fios, pendia um disco de ferro. De ferro, dizemos. Joana rezava, tomou-o entre os dedos. Mas tudo na terra perdera o peso. Tudo. Menos seu corpo. Assombrada, gritou pela mãe, não ouviu o grito, a mãe não se voltou, ela correu para fora e deu de cara com a lua, em pleno dia, cortada por uma faixa escura, atravessando o espaço rápida. Lua doida. As partes iluminadas, quando cruzavam com nuvens, ficavam mais brilhantes, um clarão aceso e ofuscador. A terra estava branca, chão e plantas, as sombras no chão, tudo era branco, terra imaculada. Desapareceu a lua no horizonte. E todos viram ser a brancura do mundo apenas uma crosta, pele que se rompia, que se rompeu, desfez-se, revelou o esplendor e o sujo do arvoredo, do chão, a cor do mundo. Jambos, mangas-rosas, cajus, goiabas, romãs, tudo pendia dos ramos, era uma fartura, um pomar generoso e pesado de cheiros. Joana e as duas moças puseram-se a correr, agora na campina, de mãos dadas. Um pasto verde, cheio de marrãs e árvores com sombras. De repente, seus mortos, invisíveis, começaram a chamar. Álvaro gritava por Nô, Nô por Maria do Carmo, esta pela irmã, a irmã por Totônia, Totônia por Jerônimo, Jerônimo por Nô, Nô por Filomena, Filomena por Lucina, Lucina por Floripes, Floripes por Jerônimo, Jerônimo por Suzana, Suzana por Totônia, Totônia chamava Ogano. "Não sei quem era Ogano. Mas senti orgulho de ser mãe dos mortos e viúva, de não morrer virgem, de ter parido vocês. Estamos em setembro?" "Sim." "A hora está próxima. Sinto um cheiro de cal, de cimento, de musgo. Setembro, você disse?" "Sim." Vamos carregando Joana para o cemitério, atravessando a cidade e seu odor de estábulos, de cera virgem, de leite derramado, de suor, de frutas, de árvores cortadas, de muros úmidos, entre Floras e Ruis, Glórias e Sálvios, Hélios e Teresas, Isabéis e Ulisses, Josés e Veras, Luizas e Xerxes, Zebinas e Áureos. Viveu seus anos com mansidão e justiça, humildade e firmeza, amor e comiseração. Morreu com mínimos bens e reduzidos amigos. Nunca de nunca a rapinagem alheia liberou ambições em seu espírito. Nunca o mal sofrido gerou em sua alma outras maldades. Morreu no fim do inverno. Nascerá outra igual na próxima estação? O branco, o verde, o gris. Alvos muros, ciprestes, lousas sombrias. Sob a terra, sob o gesso, sob as lagartixas, sob o mato, perfilam-se os convivas sem palavras. Cedros e Carvalhos, Nogueiras e Oliveiras, Jacarandás e Loureiros. Puseram-lhes — por que inútil generosidade? — o terno festivo, o mais fino vestido, a melhor gravata, os sapatos mais novos. Reunião estranha: todos de lábios cerrados, mãos cruzadas, cabeças descobertas, todos rígidos, pálpebras descidas e voltados na mesma direção, como expectantes, todos sozinhos, frente a um grande pórtico através do qual alguém estivesse para vir. Um julgador, um almirante, um harpista, um garçom com bandejas. Trazendo o quê? Sal, cinza, absinto? Dentes, mofo, limo? Tarda o Esperado, e os pedaços desses mudos, desses imóveis convivas sem palavras vão sendo devorados. Humildemente, em silêncio, Joana Carolina toma seu lugar, as mãos unidas, entre Prados, Pumas e Figueiras, entre Açucenas, Pereiras e Jacintos, entre Cordeiros, Gamboas e Amarílis, entre Rosas, Leões e Margaridas, entre Junqueiras, Gallos e Verônicas, entre Martas, Hortências, Artemísias, Valerianas, Veigas, Violetas, Cajazeiras, Gamas, Gencianas, entre Bezerras, e Peixes, e Narcisos, entre Salgueiros, e Falcões, e Campos, no vestido que era o das tardes de domingo e penetrada do silêncio com que ficava sozinha.

BIOGRAFIA

Osman da Costa Lins nasceu a 5 de julho de 1924, em Vitória de Santo Antão, cidade de Pernambuco. Aos dezesseis dias de vida, perdeu a mãe, Maria da Paz de Mello Lins, em decorrência de complicações do parto. Com freqüência, Osman Lins menciona, em entrevistas, desconhecer seu rosto, porque ela não deixou fotografia. Segundo ele, esse fato teria configurado seu trabalho de escritor que, metaforicamente, seria o de construir com a imaginação um rosto inexistente. A transfiguração poética dessa situação aparece em vários momentos de sua obra em que irrompe o motivo da fotografia.

A perda da mãe determinou seu convívio com parentes próximos que lhe deram afeto familiar: sua avó paterna, Joana Carolina; sua tia Laura casada com Antonio Figueiredo, comerciante, de quem o menino, maravilhado, ouvia narrações de suas viagens, até altas horas da noite. As estórias orais, inventadas pelo tio, despertaram nele o gosto de narrar.

Essa pequena comunidade afetiva de Osman Lins constituirá fonte para a criação de vários personagens de sua obra. O incentivo para escrever veio do professor José Aragão, seu tutor no, então, Ginásio da Vitória. Dele, o escritor herdou o sentido da disciplina e discernimento na ordenação imaginativa.

Ecos de sua ligação afetiva com o pai, Teófanes da Costa Lins, localizam-se em crônicas dedicadas ao dia do alfaiate, sua profissão, e em vários momentos de reflexão teórica, nos quais Osman Lins estabelece relações entre o trabalho do escritor e o do artesão.

Cursou o primário de 1932 a 1935, no Colégio Santo Antão. Ao terminar o ginásio, realizado no período 1936-1940 no Ginásio de Vitória, impõe-se para ele a necessidade de deixar a cidade natal que pouco podia lhe oferecer em termos de estudos. Muda-se para Recife, em 1941, quando consegue o primeiro emprego, como escriturário na secretaria do, então, Ginásio de Recife. A essas alturas, já era habilitado em datilografia, curso que finalizou junto com o ginásio. Nesse mesmo ano, começam a surgir, nos suplementos da capital pernambucana, suas primeiras experiências no campo da ficção ("Menino mau" e "Fantasmas..."). Em 1943, inicia-se um longo período em que suas preocupações literárias, pelo menos publicamente, são deixadas de lado, quando ingressa por concurso no Banco do Brasil. Segue o curso de Finanças da Faculdade de Ciências Econômicas da Universidade do Recife (1944-1946). É do conhecimento de poucos que, concomitantemente aos estudos universitários, dedica-se à composição de um romance, que lhe consome mais dois anos. Chega a terminá-lo, mas não o edita. Isso não significa o abandono da literatura. Ao contrário, foi uma espécie de rito de passagem, em que o escritor praticava o exercício da palavra, com apurado senso crítico.

No período 1947-1953, casa-se com Dona Maria do Carmo e torna-se pai de três filhas: Litânia, Letícia e Ângela. Seu cotidiano entre trabalho e família abriga também espaço para o exercício da literatura. Escreve contos e os apresenta em concursos. Em 1950, obtém a terceira colocação no Concurso Jornal de Letras, com o conto "O eco". Outro, "A doação", é agraciado com primeiro prêmio no Concurso Minas-Brasil. O ano de 1951 é marcado por intensa atividade literária e cultural. Integra o corpo de redação da revista *Memorandum*, órgão da Associação Atlética do Banco do Brasil e torna-se colaborador regular no Suplemento Literário do *Diário de Pernambuco*, publicando contos. Envolve-se, também, na direção e produção de programas radiofônicos culturais, na Rádio Jornal do Commercio, em Recife. Apresenta mais um livro de conto, "Os sós", a concurso literário, obtendo o segundo prêmio no Concurso Livro de Contos Tentativa, em Atibaia, São Paulo.

Nesse período desabrocha-se o artesão da palavra, que verá também premiados e reconhecidos pela crítica seus dois primeiros livros colocados à disposição do grande público: *O visitante*, romance lançado em 1955 (começou a escrevê-lo em 1952, recebeu o prêmio Fábio Prado, em São Paulo, em 1954, ocasião em que se desloca pela primeira vez para esta cidade e participa de encontro com escritores com as mesmas afinidades) e *Os gestos*, livro de contos, lançado em 1957, agraciado com o prêmio Monteiro Lobato em São Paulo. Essas obras receberam também outros prêmios. Ainda em 1957, sua peça teatral *O vale sem sol* obtém Destaque Especial no Concurso Cia. Tônia-Celi-Autran. Um ano antes, inaugura a coluna "Carta do Recife" que logo passa a "Crônica do Recife", enviando suas primeiras colaborações críticas para o jornal *O Estado de S. Paulo*. Entre as atividades da década de 1950, incluem-se publicações de poesias em jornal (entre 1953 e 1959: "Instante", "Lamentação tranviária", "A corola", "A imagem", "Sonetinho ingênuo", "Poema sobre a melhor maneira de amar", "Serenata recifense para Cacilda Becker", "Soneto do oferecimento" e "Soneto arquitetônico").

Quando da publicação de seus primeiros livros, a dedicação de Osman Lins a seu projeto literário intensifica-se e entrelaça-se com suas viagens ao Rio e a São Paulo, com seu estágio na França e com sua mudança para São Paulo. Antes de ir para França, em 1961, como bolsista da Aliança Francesa, conclui o curso de Dramaturgia, em 1960, na Escola de Belas Artes da Universidade de Recife, tendo participado da primeira turma desse curso, do qual eram professores Joel Pontes e Hermilo Borba Filho, que viriam a tornar-se seus interlocutores intelectuais, em especial, este último.

Em sua permanência de seis meses em Paris, onde cumpre um rígido programa cultural de visita a catedrais, a museus, e de viagens para outros países em função de seu projeto cultural, atua também como correspondente teatral crítico da França para o *Jornal do Commercio*. Enquanto se encontra na capital parisiense, estréia, no Rio de Janeiro, sua peça *Lisbela e o prisioneiro*, que recebera o prêmio Concurso Cia. Tônia-Celi-Autran. Ainda nesse ano, é publicado, também no Rio de Janeiro, *O fiel e a pedra*, premiado pela União Brasileira de Escritores. Como ocorreu com os livros publicados anteriormente, esse romance foi muito bem recebido pela crítica, sensibilizada pelo fato de o autor desbravar caminho próprio na tradição do romance regionalista do nordeste, afastando-se do recurso ao pitoresco, à cor local, ao folclore e à sensualidade e realizando-se no registro do romance ético e épico. Com *O fiel e a pedra* Osman Lins mostra-se capaz de rivalizar com os melhores escritores da geração anterior.

O ano de 1961 é um marco na biografia de Osman Lins, no sentido de que o solo de seu trabalho literário, intelectual e cultural que vinha semeado e regado pacientemente e a duras penas dá frutos viçosos, não só pelo reconhecimento de suas qualidades, mas também por atingir público mais amplo. A partir de então, o ficcionista não precisará mais se submeter a concursos, embora, como dramaturgo, Osman Lins venha a ser ainda agraciado com prêmios (em 1965, dois lhe são conferidos: Anchieta, da Comissão Estadual de Teatro, de São Paulo, pela peça *Guerra do cansa-cavalo* (que será publicada dois anos depois e que, em 1971, inaugurará o Teatro Municipal de Santo André); *Narizinho*, também, da Comissão Estadual de Teatro, pela peça infantil *Capa Verde e o Natal*.

Referindo-se a *O fiel e a pedra*, Osman Lins diz que este romance corresponde a uma "plataforma de chegada e de saída", encerrando uma fase de sua ficção em termos tradicionais. Essa mesma expressão pode ser aplicada para o ano de 1961, a partir de uma visão global de sua biografia. Além de fazer sua primeira viagem internacional, distanciando-se por um longo período de seu ambiente familiar, Osman Lins decide transferir-se para São Paulo, também, em função de seu projeto literário. Nesse sentido, o escritor de Vitória de Santo Antão dá um passo que facilitará a exteriorização de um processo que já vinha se desenvolvendo internamente, com grandes repercussões em sua vida familiar e na sua escrita literária.

Dois anos depois, concretiza-se a separação entre Osman Lins e Dona Maria do Carmo, motivando o retorno desta com as meninas para Recife. Dando continuidade às suas funções no Banco do Brasil, para poder sustentar-se e manter os compromissos de manutenção da ex-esposa e assegurar a educação das filhas, estas intensamente presentes no seu mundo afetivo até a morte, o autor não esmorece no obstinado trabalho com a palavra. Lança *Marinheiro de primeira viagem*, inovador livro do gênero literatura de viagem, sobre sua experiência em terras européias, elo entre sua fase tradicional e a sua nova poética literária. Publica contos nas revistas *Cláudia*, *Senhor* e *Vogue*, que antecipam futuros capítulos de romances. Sua peça, *Idade dos homens*, é encenada no Teatro Bela Vista de São Paulo. Em 1964 casa-se com a escritora Julieta de Godoy Ladeira. Esse ano é marcado pela presença do teatro em sua vida intelectual e cultural. É publicada sua premiada peça *Lisbela e o prisioneiro*. Osman Lins engaja-se na defesa da dramaturgia brasileira e da classe teatral, com artigos polêmicos na imprensa. Com isso, começa a crescer também como um intelectual participante das discussões culturais da época. Seu único poema disponibilizado para o leitor, na década de 1960, aparece no Jornal *O Estado de S. Paulo:* "Ode".

Dois anos depois, publica *Nove, novena*, conjunto de nove narrativas, com as quais consegue realizações literárias pessoais, iniciando outra fase de sua ficção, em que se incluem os romances, *Avalovara* (1973) e *A rainha dos cárceres da Grécia* (1976), num registro antiilusionista, ancorado numa construção estrutural rigorosa, em que se aliam precisão e fantasia, prosa e poesia, reflexão e estória. As inovações poéticas desses livros atraíram o olhar da crítica que não percebeu ou não ressaltou sua dimensão política, já presente em *Nove, novena*, deixando, portanto, de acenar para um aspecto importante da obra de um escritor comprometido com seu tempo e sua realidade, sem fazer concessões à literatura engajada. No ano da publicação de *Nove, novena*, é lançado em Recife seu livro de ensaios, *Um mundo estagnado*.

Em meio a esse período de produção ficcional, continua escrevendo crônicas e artigos. Em 1967, começa a publicar regularmente no jornal *A Gazeta*, de São Paulo. Em 1969, lança *Guerra sem testemunhas – O escritor, sua condição e a realidade social*, coletânea de ensaios combatentes que condensa o pensamento de Osman Lins sobre as questões que envolvem o escritor, numa forma inusitada de ensaio. Esta fase de preocupação com novas formas não se restringe à ficção, mas está relacionada a uma visão de mundo, que abarca, também, produção de ensaio. No caso, o escritor se desdobra em duas personagens e prevalece o discurso dialógico na discussão dos temas polêmicos propostos em *Guerra sem testemunhas*. Depois de se aposentar do Banco do Brasil, assume em 1970 a cátedra de Literatura Brasileira na Faculdade de Filosofia de Marília, em São Paulo. Nesse ano, começa a escrever o romance *Avalovara*. Empenha-se na dedicação à docência, com aulas meticulosamente preparadas, mas sua experiência no ambiente universitário lhe é decepcionante, ao perceber que nem os docentes nem os alunos têm vínculos sólidos com a literatura, como seria de se esperar num curso de Letras. Vivencia vários embates. Em seus artigos toca em pontos cruciais sobre o ensino de Literatura nas Faculdades de Letras, em geral, naquela época em que estavam na ordem do dia as teorias formalistas e estruturalistas. Desiludido, afasta-se do ensino universitário, depois de mais ou menos seis anos de atuação.

Em 1973, defende tese de doutoramento na Universidade de São Paulo – "Lima Barreto, e o espaço romanesco"–, que será publicada em 1975. Mas o grande acontecimento deste ano foi o lançamento do romance *Avalovara*.

No meio de tantas atividades ao longo de sua fase da vida em São Paulo, fez várias viagens à Europa, para estabelecer contatos com editores, assinar contratos, lançar livros em vários países, tendo sido *Nove, novena*, o primeiro deles a atravessar o mar, com a tradução em francês, publicada em 1971.

Embora a ficção ocupe lugar privilegiado na sua vida como criador, o teatro não é abandonado por Osman Lins. Em 1974, *Mistério das figuras de barro*, peça em um ato, dirigida pelo autor, é encenada por seus alunos na Faculdade de Marília. No ano seguinte, é publicada uma coleção de três peças teatrais *Santa, automóvel e soldado*, na perspectiva de sua concepção de teatro ideal, em que é valorizado o texto e não a encenação. Mais uma proposta polêmica de Osman Lins.

Continuam as viagens ao exterior, para lançamento de livros e novos contratos. Em 1976, é publicado seu último romance, *A rainha dos cárceres da Grécia*. No ano seguinte faz uma curta viagem ao Peru e à Bolívia, em companhia de Julieta. Dessa viagem, resulta um livro escrito a quatro mãos *La Paz existe?* Mais uma experiência literária inovadora, desta vez com a cumplicidade da escritora Julieta de Godoy Ladeira, aliás, interlocutora, cuja colaboração Osman Lins reconhece com ênfase. No caso do romance *Avalovara*, chega a qualificá-la como co-autora, tantas foram as idéias trocadas entre eles.

No ano de 1977, vários outros trabalhos de Osman Lins vêm a público, cobrindo o campo da literatura, do teatro e do ensaio. São lançados o livro infantil, *O diabo na noite de Natal*; o volume com variações em torno ao conto "Missa do galo", de Machado de Assis, em colaboração com outros escritores. É encenada a peça em um ato, *Romance dos soldados de Herodes*, no Rio Grande do Sul e em São Paulo. Todas essas atividades, no entanto, não o desviam da preparação para o seu próximo romance, *Uma cabeça levada em triunfo*. Começa a escrevê-lo. Mas desta vez, o obstinado Osman Lins não finaliza seu projeto. No início de 1978, surgem os primeiros sintomas da doença que o levará à morte no dia 8 de julho. Em contrapartida, nesse mesmo ano é publicado seu derradeiro livro, *Casos especiais de Osman Lins*, composto por três novelas: "A ilha no espaço", "Quem era Shirley Temple?" e" "Marcha fúnebre", transmitidas pela TV Globo entre 1975 e 1977. Esta coletânea fixa a imagem do escritor vivo: "aberto à experimentação, afeito aos vôos e riscos, avesso à repetição dos caminhos conhecidos", até "no que se poderia considerar seus instantes casuais".*

---

* Palavras de Ricardo Ramos na orelha de capa de *Os casos especiais de Osman Lins*. São Paulo: Summus, 1978.

BIBLIOGRAFIA

O visitante. Rio: José Olympio, 1955.
Os gestos. Rio: José Olympio, 1957.
O fiel e a pedra. Rio: Civilização Brasileira, 1961.
Marinheiro de primeira viagem. Rio: Civilização Brasileira, 1963.
Lisbela e o Prisioneiro. Rio: Letras e Artes, 1964.
Nove, novena. São Paulo: Martins, 1966.
Um mundo estagnado. Recife: Imprensa Universitária, 1966.
Capa-Verde e o Natal. São Paulo: Comissão Estadual de Teatro, 1967.
Guerra do "Cansa-Cavalo". Petrópolis: Vozes, 1967.
Guerra sem testemunhas — o escritor, sua condição e a realidade social. São Paulo: Martins, 1969.
Avalovara. São Paulo: Melhoramentos, 1973.
Santa, automóvel e o soldado. São Paulo: Duas Cidades, 1975.
Lima Barreto e o espaço romanesco. São Paulo: Ática, 1976.
A rainha dos cárceres da Grécia. São Paulo: Melhoramentos, 1976.
Do ideal e da glória. Problemas inculturais brasileiros. São Paulo: Summus, 1977.

La Paz existe? em parceria com Julieta de Godoy Ladeira. São Paulo: Summus, 1977.
O diabo na noite de Natal. São Paulo: Pioneira, 1977.
Missa do Galo — Variações sobre o mesmo tema, organização e participação. São Paulo: Summus, 1977.
Casos especiais de Osman Lins. São Paulo: Summus, 1978.
Evangelho na taba. Problemas inculturais brasileiros II, com apresentação de Julieta de Godoy Ladeira. São Paulo: Summus, 1979.
"Domingo de Páscoa" último texto escrito por Osman Lins, em 1978. Publicado pela primeira vez no Brasil, na *Revista de Literatura Travessia*, da Universidade Federal de Santa Catarina, n. 33, dezembro de 1996, pp.120-131.

(Obs.: indicação apenas das primeiras edições no Brasil. Há ainda contos, poesias e ensaios em periódicos que não foram reunidos em livros.)

ÍNDICE

Um singular contador de estórias 19
Os gestos 31
Reencontro 39
A partida 45
Cadeira de balanço 49
O vitral 53
Elegíada 56
Os confundidos 64
Conto barroco ou unidade tripartita 73
Pentágono de Hahn 93
O pássaro transparente 127
Pastoral 138
Retábulo de Santa Joana Carolina 153
Biografia 201
Bibliografia 211

COLEÇÃO MELHORES CONTOS

ANÍBAL MACHADO
Seleção e prefácio de Antonio Dimas

LYGIA FAGUNDES TELLES
Seleção e prefácio de Eduardo Portella

BRENO ACCIOLY
Seleção e prefácio de Ricardo Ramos

MARQUES REBELO
Seleção e prefácio de Ary Quintella

MOACYR SCLIAR
Seleção e prefácio de Regina Zilberman

MACHADO DE ASSIS
Seleção e prefácio de Domício Proença Filho

HERBERTO SALES
Seleção e prefácio de Judith Grossmann

RUBEM BRAGA
Seleção e prefácio de Davi Arrigucci Jr.

LIMA BARRETO
Seleção e prefácio de Francisco de Assis Barbosa

JOÃO ANTÔNIO
Seleção e prefácio de Antônio Hohlfeldt

EÇA DE QUEIRÓS
Seleção e prefácio de Herberto Sales

MÁRIO DE ANDRADE
Seleção e prefácio de Telê Ancona Lopez

LUIZ VILELA
Seleção e prefácio de Wilson Martins

J. J. VEIGA
Seleção e prefácio de J. Aderaldo Castello

JOÃO DO RIO
Seleção e prefácio de Helena Parente Cunha

IGNÁCIO DE LOYOLA BRANDÃO
Seleção e prefácio de Deonísio da Silva

LÊDO IVO
Seleção e prefácio de Afrânio Coutinho

RICARDO RAMOS
Seleção e prefácio de Bella Jozef

MARCOS REY
Seleção e prefácio de Fábio Lucas

SIMÕES LOPES NETO
Seleção e prefácio de Dionísio Toledo

HERMILO BORBA FILHO
Seleção e prefácio de Silvio Roberto de Oliveira

BERNARDO ÉLIS
Seleção e prefácio de Gilberto Mendonça Teles

AUTRAN DOURADO
Seleção e prefácio de João Luiz Lafetá

JOEL SILVEIRA
Seleção e prefácio de Lêdo Ivo

JOÃO ALPHONSUS
Seleção e prefácio de Afonso Henriques Neto

ARTUR AZEVEDO
Seleção e prefácio de Antonio Martins de Araujo

RIBEIRO COUTO
Seleção e prefácio de Alberto Venancio Filho

OSMAN LINS
Seleção e prefácio de Sandra Nitrini

ORÍGENES LESSA
Seleção e prefácio de Glória Pondé

DOMINGOS PELLEGRINI
Seleção e prefácio de Miguel Sanches Neto

CAIO FERNANDO ABREU
Seleção e prefácio de Marcelo Secron Bessa

EDLA VAN STEEN
Seleção e prefácio de Antonio Carlos Secchin

FAUSTO WOLFF
Seleção e prefácio de André Seffrin

AURÉLIO BUARQUE DE HOLANDA
Seleção e prefácio de Luciano Rosa

ALUÍSIO AZEVEDO
Seleção e prefácio de Ubiratan Machado

ARY QUINTELLA*
Seleção e prefácio de Monica Rector

SALIM MIGUEL*
Seleção e prefácio de Regina Dalcastagnè

WALMIR AYALA*
Seleção e prefácio de Maria da Glória Bordini

*PRELO

COLEÇÃO MELHORES POEMAS

CASTRO ALVES
Seleção e prefácio de Lêdo Ivo

LÊDO IVO
Seleção e prefácio de Sergio Alves Peixoto

FERREIRA GULLAR
Seleção e prefácio de Alfredo Bosi

MARIO QUINTANA
Seleção e prefácio de Fausto Cunha

CARLOS PENA FILHO
Seleção e prefácio de Edilberto Coutinho

TOMÁS ANTÔNIO GONZAGA
Seleção e prefácio de Alexandre Eulalio

MANUEL BANDEIRA
Seleção e prefácio de Francisco de Assis Barbosa

CECÍLIA MEIRELES
Seleção e prefácio de Maria Fernanda

CARLOS NEJAR
Seleção e prefácio de Léo Gilson Ribeiro

LUÍS DE CAMÕES
Seleção e prefácio de Leodegário A. de Azevedo Filho

GREGÓRIO DE MATOS
Seleção e prefácio de Darcy Damasceno

ÁLVARES DE AZEVEDO
Seleção e prefácio de Antonio Candido

MÁRIO FAUSTINO
Seleção e prefácio de Benedito Nunes

ALPHONSUS DE GUIMARAENS
Seleção e prefácio de Alphonsus de Guimaraens Filho

OLAVO BILAC
Seleção e prefácio de Marisa Lajolo

JOÃO CABRAL DE MELO NETO
Seleção e prefácio de Antonio Carlos Secchin

FERNANDO PESSOA
Seleção e prefácio de Teresa Rita Lopes

AUGUSTO DOS ANJOS
Seleção e prefácio de José Paulo Paes

BOCAGE
Seleção e prefácio de Cleonice Berardinelli

MÁRIO DE ANDRADE
Seleção e prefácio de Gilda de Mello e Souza

PAULO MENDES CAMPOS
Seleção e prefácio de Guilhermino Cesar

LUÍS DELFINO
Seleção e prefácio de Lauro Junkes

GONÇALVES DIAS
Seleção e prefácio de José Carlos Garbuglio

AFFONSO ROMANO DE SANT'ANNA
Seleção e prefácio de Donaldo Schüler

HAROLDO DE CAMPOS
Seleção e prefácio de Inês Oseki-Dépré

GILBERTO MENDONÇA TELES
Seleção e prefácio de Luiz Busatto

GUILHERME DE ALMEIDA
Seleção e prefácio de Carlos Vogt

JORGE DE LIMA
Seleção e prefácio de Gilberto Mendonça Teles

CASIMIRO DE ABREU
Seleção e prefácio de Rubem Braga

MURILO MENDES
Seleção e prefácio de Luciana Stegagno Picchio

PAULO LEMINSKI
Seleção e prefácio de Fred Góes e Álvaro Marins

RAIMUNDO CORREIA
Seleção e prefácio de Telenia Hill

CRUZ E SOUSA
Seleção e prefácio de Flávio Aguiar

DANTE MILANO
Seleção e prefácio de Ivan Junqueira

JOSÉ PAULO PAES
Seleção e prefácio de Davi Arrigucci Jr.

CLÁUDIO MANUEL DA COSTA
Seleção e prefácio de Francisco Iglésias

MACHADO DE ASSIS
Seleção e prefácio de Alexei Bueno

HENRIQUETA LISBOA
Seleção e prefácio de Fábio Lucas

AUGUSTO MEYER
Seleção e prefácio de Tania Franco Carvalhal

RIBEIRO COUTO
Seleção e prefácio de José Almino

RAUL DE LEONI
Seleção e prefácio de Pedro Lyra

ALVARENGA PEIXOTO
Seleção e prefácio de Antonio Arnoni Prado

CASSIANO RICARDO
Seleção e prefácio de Luiza Franco Moreira

BUENO DE RIVERA
Seleção e prefácio de Affonso Romano de Sant'Anna

IVAN JUNQUEIRA
Seleção e prefácio de Ricardo Thomé

CORA CORALINA
Seleção e prefácio de Darcy França Denófrio

ANTERO DE QUENTAL
Seleção e prefácio de Benjamin Abdalla Junior

NAURO MACHADO
Seleção e prefácio de Hildeberto Barbosa Filho

FAGUNDES VARELA
Seleção e prefácio de Antonio Carlos Secchin

CESÁRIO VERDE
Seleção e prefácio de Leyla Perrone-Moisés

FLORBELA ESPANCA
Seleção e prefácio de Zina Bellodi

VICENTE DE CARVALHO
Seleção e prefácio de Cláudio Murilo Leal

PATATIVA DO ASSARÉ
Seleção e prefácio de Cláudio Portella

ALBERTO DA COSTA E SILVA
Seleção e prefácio de André Seffrin

ALBERTO DE OLIVEIRA
Seleção e prefácio de Sânzio de Azevedo

WALMIR AYALA
Seleção e prefácio de Marco Lucchesi

ALPHONSUS DE GUIMARAENS FILHO
Seleção e prefácio de Afonso Henriques Neto

MENOTTI DEL PICCHIA
Seleção e prefácio de Rubens Eduardo Ferreira Frias

ÁLVARO ALVES DE FARIA
Seleção e prefácio de Carlos Felipe Moisés

SOUSÂNDRADE
Seleção e prefácio de Adriano Espínola

*ARMANDO FREITAS FILHO**
Seleção e prefácio de Heloisa Buarque de Hollanda

*MÁRIO DE SÁ-CARNEIRO**
Seleção e prefácio de Lucila Nogueira Rodrigues

*LUIZ DE MIRANDA**
Seleção e prefácio de Regina Zilbermann

*ALMEIDA GARRET**
Seleção e prefácio de Izabela Leal

*LINDOLF BELL**
Seleção e prefácio de Péricles Prade

*RUY ESPINHEIRA FILHO**
Seleção e prefácio de Sérgio Martagão Gesteira

*THIAGO DE MELLO**
Seleção e prefácio de Marcos Frederico Krüger

*PRELO

COLEÇÃO MELHORES CRÔNICAS

MACHADO DE ASSIS
Seleção e prefácio de Salete de Almeida Cara

JOSÉ DE ALENCAR
Seleção e prefácio de João Roberto Faria

MANUEL BANDEIRA
Seleção e prefácio de Eduardo Coelho

AFFONSO ROMANO DE SANT'ANNA
Seleção e prefácio de Letícia Malard

JOSÉ CASTELLO
Seleção e prefácio de Leyla Perrone-Moisés

MARQUES REBELO
Seleção e prefácio de Renato Cordeiro Gomes

CECÍLIA MEIRELES
Seleção e prefácio de Leodegário A. de Azevedo Filho

LÊDO IVO
Seleção do autor. Prefácio e notas de Gilberto Mendonça Teles

IGNÁCIO DE LOYOLA BRANDÃO
Seleção e prefácio de Cecilia Almeida Salles

MOACYR SCLIAR
Seleção e prefácio de Luís Augusto Fischer

ZUENIR VENTURA
Seleção e prefácio de José Carlos de Azeredo

RACHEL DE QUEIROZ
Seleção e prefácio de Heloisa Buarque de Hollanda

FERREIRA GULLAR
Seleção e prefácio de Augusto Sérgio Bastos

LIMA BARRETO
Seleção e prefácio de Beatriz Resende

OLAVO BILAC
Seleção e prefácio de Ubiratan Machado

ROBERTO DRUMMOND
Seleção e prefácio de Carlos Herculano Lopes

SÉRGIO MILLIET
Seleção e prefácio de Regina Salgado Campos

IVAN ANGELO
Seleção e prefácio de Humberto Werneck

AUSTREGÉSILO DE ATHAYDE
Seleção e prefácio de Murilo Melo Filho

ODYLO COSTA FILHO*
Seleção e prefácio de Cecilia Costa

JOÃO DO RIO*
Seleção e prefácio de Edmundo Bouças e Fred Góes

COELHO NETO*
Seleção e prefácio de Ubiratan Machado

GUSTAVO CORÇÃO*
Seleção e prefácio de Luiz Paulo Horta

ÁLVARO MOREYRA*
Seleção e prefácio de Mario Moreyra

JOSUÉ MONTELLO*
Seleção e prefácio de Flávia Amparo

RODOLFO KONDER*

FRANÇA JÚNIOR*

MARCOS REY*

ANTÔNIO TORRES*

HUMBERTO DE CAMPOS*

MARINA COLASANTI*

RAUL POMPEIA*

*PRELO

COLEÇÃO ROTEIRO DA POESIA BRASILEIRA

RAÍZES
Seleção e prefácio de Ivan Teixeira

ARCADISMO
Seleção e prefácio de Domício Proença Filho

ROMANTISMO
Seleção e prefácio de Antonio Carlos Secchin

PARNASIANISMO
Seleção e prefácio de Sânzio de Azevedo

SIMBOLISMO
Seleção e prefácio de Lauro Junkes

PRÉ-MODERNISMO
Seleção e prefácio de Alexei Bueno

MODERNISMO
Seleção e prefácio de Walnice Nogueira Galvão

ANOS 30
Seleção e prefácio de Ivan Junqueira

ANOS 40*
Seleção e prefácio de Luciano Rosa

ANOS 50
Seleção e prefácio de André Seffrin

ANOS 60*
Seleção e prefácio de Pedro Lyra

ANOS 70*
Seleção e prefácio de Afonso Henriques Neto

ANOS 80*
Seleção e prefácio de Ricardo Vieira Lima

ANOS 90*
Seleção e prefácio de Paulo Ferraz

ANOS 2000*
Seleção e prefácio de Marco Lucchesi

*PRELO